STURM der LIEBE

Johanna Theden

STURM der LIEBE

HET PROCES

LANNOO

www.lannoo.com
Registreer u op onze website en we sturen u regelmatig een nieuwsbrief met informatie over nieuwe boeken en met interessante, exclusieve aanbiedingen.

LANNOO

Oorspronkelijke titel: Der Prozess
Oorspronkelijke uitgever: CORA Verlag
Tekst: Johanna Theden
Vertaling: Anja De Lombaert
Coverbeeld: ARD
Coverontwerp: Studio Lannoo
Vormgeving: Mediactief

Als u opmerkingen of vragen hebt, dan kunt u contact opnemen met onze redactie:
redactielifestyle@lannoo.com

D/2014/45/63 – NUR 343
ISBN 978 94 014 1498 2

1

Lukas staarde Rosalie verbijsterd aan. Ze had hem net verteld dat ze weer bij hem wilde komen wonen. Ze leek het echt te menen. Toch heel even.

'Ik kan toch niet weten wat ik wil', zei ze toen wanhopig. 'Ik leer mezelf pas opnieuw kennen en moet nog ontdekken hoe alles zat.'

'Dat kan ik je heel precies vertellen', antwoordde hij.

'Jij en je Sandra... Jullie hebben alleen maar tegen me gelogen', snauwde ze. 'Ik moet het allemaal zelf ontdekken, stap voor stap.'

'Dat mag je ook, maar dan zonder mij.' Ze vond echter niet dat hij zijn verantwoordelijkheid, die hij volgens haar had, mocht ontlopen.

'Nee, dat wil ik samen met jou doen', hield ze vol. 'Ik ben nog altijd je vrouw!'

'Maar we houden al lang niet meer van elkaar', bracht hij ertegenin.

'Dat zeg jij!' Hij schudde zijn hoofd. Hoe stelde Rosalie zich dat dan voor? Wilde ze hem dwingen van haar te houden? 'Ik wil ons ten minste een kans geven', zei ze en ze greep de telefoon om de opdracht te geven haar spullen terug te brengen naar Lukas' woning. Maar zo gemakkelijk legde hij zich er niet bij neer.

'Ik heb nu een relatie met Sandra. En wij houden heel veel van elkaar.' Rosalie maakte glimlachend een wegwuivend gebaar.

'Weet je nog dat je in het casino zo veel geld had gewonnen en we champagne hebben gedronken?' Hij sperde verbaasd zijn ogen open. Herinnerde ze zich dat? 'Het was zo leuk', zei ze. 'Je hebt me opgetild, rondgezwierd, we konden het zo goed met elkaar vinden...'

'Maar alles wat daarna is gebeurd, was voor niemand goed', wierp hij op.

'En nu ben je verliefd op Sandra.' Hij knikte. 'Dat bewijst dat liefde snel kan veranderen. Misschien kun je wel opnieuw verliefd worden op mij.' Hij kreunde ongelovig. Dit was absurd.

'Je kunt de ene mens niet gewoon vervangen door de andere.' Plotseling bedacht hij iets. 'Zou het kunnen dat je gewoon hier wilt komen wonen om Michael vaker te zien?' Rosalie had toch zelf toegegeven dat ze iets voor dokter Niederbühl voelde? Ze protesteerde echter heftig.

'Hij heeft mijn leven gered. En hij was vriendelijk tegen me. Ik was vast nog in de war na de coma. Ik wil helemaal niets van dokter Niederbühl. Het enige wat ik belangrijk vind, is dat wij gelukkig worden.' Ze zou ervoor vechten. Hij wilde haar toch niet met geweld de woning uit zetten?

Cosima werd bijna gek toen ze hoorde dat Werner Saalfeld zijn broer de toelating had gegeven weer in de woning in te trekken.

'Daar komt niets van in huis!' riep ze boos. 'Het is al gek genoeg dat u en uw ex-vrouw hier rondlopen. Ik zal niet nog een Konopka dulden.'

'En ik dacht nog dat je blij zou zijn met je nieuwe huisgenoot', nam André het woord en hij sprak haar heel bewust aan met 'je'.

'Er is hier geen plaats meer!' snauwde ze.

'André behoort tot de familie', antwoordde Werner. 'Hij heeft het recht hier te wonen.'

'Dat zullen we nog zien, wie het recht heeft hier te wonen', beet ze hen toe. 'En nu, eruit!'

'Ik zou niet weten waar ik heen moet', vleide de chefkok. 'Eerlijk gezegd ben ik heel blij hier terug te zijn.' Ze deed alsof ze zijn gevlei niet hoorde.

'Wacht maar tot mijn man thuiskomt', snauwde ze. Götz zou dit wel oplossen.

Götz zat op dat moment bij Barbara von Heidenberg in de ziekenboeg in de gevangenis. Ze lieten elkaar weer los uit hun passionele omhelzing. Het bezoekuur was bijna om en ze hadden nog enkele dingen te bespreken.

'Hoe staat het met André Konopka?' vroeg ze een beetje buiten adem.

'Ik heb nog niet de kans gehad met hem te praten', gaf Götz toe. Barbara keek hem ontevreden aan. Het proces begon al overmorgen. Ze hadden getuigen nodig! 'Maak je geen zorgen, alles komt goed', verzekerde hij haar. 'Ik weet hoe ik die man moet aanpakken. En ik maak er vanavond nog werk van, ik beloof het je.'

Toen Götz in het Fürstenhof terugkwam, stond Ben hem al op te wachten. De advocaat had allesbehalve zin om met de zoon van zijn cliënte te spreken, maar Ben liet zich niet zomaar wegsturen.

‘Als ik mijn moeder kan helpen door zelf te getuigen, wil ik dat uiteraard doen’, zei hij.

‘Voorlopig zal dat niet nodig zijn’, wuifde Götz zijn aanbod weg. ‘En als de openbare aanklager u ernaar vraagt, moet u weigeren.’ Ben begreep niet waarom. ‘U hebt het recht te weigeren. Niemand kan u ertoe dwingen een getuigenis af te leggen tegen een familielid.’ Ben hield vol dat hij belangrijke informatie kon geven.

‘Werner Saalfeld heeft bijvoorbeeld de uitkering van de levensverzekering behouden, ook nadat hij had vernomen dat Sylvia in werkelijkheid Barbara is.’ Götz snoof minachtend.

‘Dat is inderdaad niet zo netjes van meneer Saalfeld, maar het heeft weinig te maken met de misdaden waarvan men uw moeder beschuldigt.’ Ben zou vast nog de kans krijgen de rechter zijn versie van het verhaal te vertellen. ‘De zogenaamde feiten zijn algemeen bekend en worden behandeld’, zei Zastrow. ‘Maar u, u bent mijn emotionele troef.’ Ben knikte weinig enthousiast. ‘Als zoon bent u veel belangrijker dan alle aanwijzingen samen.’ Het kwam er in een rechtszaak op aan alles op het juiste moment aan te brengen. ‘Als ik al mijn kruit al bij het begin verschiet, zal ik de strijd niet winnen.’ Hoewel Ben er nog altijd geen goed gevoel bij had, sprak hij hem niet meer tegen. Hij wilde alleen maar het beste voor zijn moeder...

‘Rosalie wil ons huwelijk redden.’ Lukas had geen andere keuze gehad dan Sandra op de hoogte te brengen van deze nieuwe ontwikkeling.

‘Ik hoop dat ze geen kans maakt’, antwoordde zijn vriendin met een geforceerd glimlachje.

'Dat heb ik haar in elk geval wel duidelijk gemaakt.' Ze konden allebei niet geloven dat Rosalie toch bij hem in het huis wilde blijven wonen. 'Ze wil het misschien niet laten doordringen, of anders schuilt er iets helemaal anders achter.' Namelijk dat ze dan Michael vaker zag. 'Ze zou zo lang op hem kunnen inwerken tot hij bezwijkt.'

'Als ik Rosalie ook maar een beetje ken, zal ze wel heel andere manieren vinden om Michael om haar vinger te winden', zei Sandra.

'Wat wil ze dan?!'

'Misschien dat wat ze zegt.' Ook al had Lukas Rosalie duidelijk gemaakt dat hun huwelijk voorbij was, tot nu toe waren bij zijn vrouw alleen maar fijne herinneringen aan hun huwelijk naar boven gekomen. 'Nu denkt ze dat ze alles wat haar gelukkig heeft gemaakt, zomaar opgeeft.'

'Dan hoop ik dat ze zich heel snel ook de rest herinnert', zuchtte hij. 'Het was namelijk een ramp.'

'In elk geval is het goed dat ze zich al iets herinnert.' Sandra probeerde optimistisch te blijven. 'Misschien herinnert ze zich dan binnenkort ook hoe ze... hoe het ongeval precies is gebeurd.'

'En dan wordt ze misschien ook weer die goede, oude Rosalie die vast meteen een plan heeft om een intrige tegen ons te beginnen', vulde hij zuchtend aan.

'Het zou toch kunnen dat ze is veranderd, op een positieve manier dan', hoopte Sandra. Maar ze geloofde het zelf niet. Rosalie was alweer begonnen met haar spelletjes...

Eva Krendlinger belde haar broer Jacob opnieuw op. Ze kon maar niet vergeten wat ze in het oude juwelenkistje van haar moeder had gevonden, namelijk het dagboek van haar moeder, waarin haar moeder had geschreven dat Eva een andere vader had dan Jacob. En er zat een oude foto van haar vader bij. Op die foto stond Alfons Sonnbichler toen hij nog jong was.

'Is dat niet heel vreemd?' Eva was nog maar net bij de familie Sonnbichler ingetrokken. 'Alsof het lot ons samenbrengt...'

'Ben je zeker dat hij je vader is?' vroeg Jacob van streek.

'Ik kan me moeilijk voorstellen dat papa niet mijn echte vader was...' Maar waarom zou haar moeder in haar dagboek liegen? Het kon toch alleen maar betekenen dat haar moeder een verhouding had gehad met Alfons Sonnbichler en dat ze zwanger was geworden van hem? 'Ik heb geen flauw idee wat ik nu moet doen.'

'Je moet het die Sonnbichler vragen', vond haar broer. Maar dat was niet zo eenvoudig. Eva wist toch niet hoe Alfons zou reageren. En hoe zijn vrouw zou reageren. Stel je voor dat die twee al gehuwd waren geweest, dan had hij zijn vrouw bedrogen...

André trof Cosima die namiddag alleen aan in de woning. Ze dronk net een kopje thee.

'Wat denkt u hiervan?' Met veel zwier zette hij een etagère vol lekkernijen voor haar neus op de tafel. 'Alsof de goden me op het juiste moment naar de juiste vrouw hebben geleid. Smakelijk.' Cosima moest met tegenzin lachen.

'Het ziet er lekker uit, maar u denkt toch niet dat ik me door u laat inpalmen?' Hij was echter niet te stoppen.

'Betoveren zou een beter woord zijn', zei hij. 'En als ik er niet in slaag, hoop ik dat tenminste deze petitfours uw hart kunnen veroveren.' Net op dat moment kwam Götz Zastrow binnen. Hij stelde met tegenzin vast dat er een gezellige sfeer heerste tussen zijn vrouw en de chef-kok. Het beviel hem allerminst. Even later vertelde Cosima hem bovendien dat André Konopka opnieuw in de woning woonde.

'Dat kon ook niet anders', voegde ze eraan toe. 'We zullen nu in elk geval geen honger en dorst meer lijden.' Götz Zastrow vroeg de chef-kok meteen om een gesprek onder vier ogen.

'Ten eerste: laat mijn vrouw met rust!' Tevreden stelde André vast dat hij erin was geslaagd Götz Zastrow jaloers te maken. Al ging het de advocaat niet zozeer om Cosima. Hij had de chef-kok nodig voor het proces. En dus veranderde Götz van onderwerp en begon hij over de relatie tussen André en zijn broer.

'Uit wat ik tot nu toe heb gehoord, was u altijd de mislukkeling die in de schaduw van de succesvolle grote broer stond', zei hij uitdagend. 'Hij heeft u behandeld als vuil. U vond het vast niet leuk dat hij de DDR achter zich liet.' De chef-kok werd nerveus. Hoe kwam Zastrow aan al die informatie? 'Hij trok naar het rijke Westen en u moest de represailles ondergaan', ging de advocaat onverstoord voort. 'Later, toen jullie in het Fürstenhof terechtkwamen, maakte hij van u zijn ondergeschikte en hij hield u kort. Het ligt voor de hand dat je dan wraakgevoelens ontwikkelt en hem naar de maan wenst, die grote broer die jou altijd opnieuw kleineert.'

'Wat een onzin!' protesteerde André. 'Ik kan het uitstekend vinden met mijn broer.'

'Maak uzelf toch niets wijs.' Götz klonk spottend. 'Ik weet dat u erbij was toen mevrouw Von Heidenberg uw broer probeerde te vergiftigen en tot waanzin te drijven door hem geneesmiddelen toe te dienen!' Geschokt keek de chef-kok de advocaat aan.

Werner overlegde met de openbare aanklager die zich bezighield met Barbara's proces, Georg Rosenberg. De man kon het niet bepaald goed vinden met Götz Zastrow en was het niet altijd eens met zijn onbeschofte methoden. Hij verzekerde Werner dat hij zich niet zou laten manipuleren door de beroemde en beruchte advocaat. Rosenberg zou onthouden dat Götz had geprobeerd Werner Saalfeld uit te horen over zijn relatie met Barbara von Heidenberg. Zastrow stond bekend voor dergelijke trucjes...

André had begrepen waarheen Götz wilde met zijn kleine monoloog. Hij wilde dat André tegen zijn broer getuigde. Anders zou Barbara vertellen welke rol hij had gespeeld in de vergiftiging van zijn broer.

'Ik laat me niet door u chanteren!' viel de chef-kok boos tegen hem uit. Behalve de getuigenis van zijn cliënte had Götz geen bewijzen voor deze beschuldiging. Het zou zijn woord tegen het hare zijn. 'En iedereen in de rechtszaal zal meteen beseffen dat u deze gemene beschuldigingen alleen maar in het leven hebt geroepen om Barbara's hachje te redden!' Met deze woorden liet hij de advocaat alleen. Die bleef woedend achter.

Het was niet de laatste onaangename situatie voor Götz Zastrow die dag. Hij kreeg namelijk bezoek van Georg Rosenberg, die hem een officiële waarschuwing gaf.

'U hebt geprobeerd een kroongetuige uit te horen en te manipuleren met misplaatste vragen', zei de openbare aanklager beschuldigend. Götz begreep meteen dat Werner Saalfeld een klacht had ingediend.

'Ik bereid me voor op het proces en natuurlijk informeer ik bij alle betrokkenen naar de ware toedracht', verdedigde hij zich. 'Daartoe heb ik het recht.'

'Zolang u bepaalde grenzen niet overschrijdt.' Rosenberg keek zijn tegenstander doordringend aan. 'Ik waarschuw u. Als ik nog meer opvang over dergelijke trucjes, breng ik de rechter op de hoogte. Weet zij eigenlijk wel dat u in hetzelfde huis woont als Werner Saalfeld?'

'Daaraan kan ik niets veranderen', zei Götz. 'Hij heeft zich als het ware met zijn familie opgedrongen aan de mijne.'

'Het spreekt niet in uw voordeel', stelde de openbare aanklager vast. 'U moet opletten en u gepast gedragen bij de Saalfelds.' Götz beet op zijn lip en slikte zijn commentaar in. 'U staat erom bekend veel ophef te veroorzaken met uw zaken', ging Rosenberg voort. 'Waag het ditmaal niet. Ik laat niet toe dat dit proces een circusvoorstelling wordt.'

Sandra bracht een bloembak en wasgoed naar Lukas' woning. Rosalie liet net het bad vollopen.

'Lukas is er niet', zei Rosalie toen ze Sandra zag.

'Ik heb jou ook nodig', antwoordde Sandra en ze legde de spullen op tafel.

'Zijn dat Lukas' overhemden uit de stomerij?' vroeg Rosalie en ze wees naar het wasgoed. Sandra knikte. 'Daar hoef jij je in de toekomst niet meer mee bezig te houden. Ik ben Lukas' vrouw en als er iemand zich om zijn was of post bekommert, ben ik het wel.'

'Dat mag je met veel plezier doen', antwoordde Sandra opvallend gelaten en zakelijk. 'Maar het verandert niets aan onze relatie. Hij blijft bij zijn besluit om te scheiden van jou.' Sandra merkte dat het Rosalie kwetste. Maar ze was vastbesloten duidelijkheid te scheppen. Rosalie keek haar rivale nu strak aan.

'Weet u hoe het voelt om alles te zijn vergeten? Ook gevoelens?' Sandra sloeg haar ogen neer. 'Mijn herinneringen komen langzaam terug, samen met mijn gevoelens voor Lukas. Ik laat me hem door niets of niemand meer afpakken.' Rosalie vocht tegen de tranen. 'Mijn huwelijk met Lukas is het enige wat is overgebleven van mijn leven voor het ongeval. Ik laat me in geen geval scheiden.'

'Zit ze nog altijd in de woning?' Sandra knikte en keek Lukas nadenkend aan. Hij was vooral boos.

'De herinnering aan jullie gelukkige momenten lijkt echt indruk te maken op Rosalie', zei Sandra. 'Daarom wil ze dat jullie huwelijk standhoudt.'

'Het is gewoon weer een van haar gemene spelletjes', zei hij somber.

'Wees toch niet zo hard', zei zijn vriendin. 'Ik heb de indruk dat ze wanhopig is. Ze klampt zich vast aan elke strohalm.'

'Ik ben de foute strohalm', bromde hij. De twee merkten niet dat Cosima net naar beneden kwam langs de trap en meteen stokstijf bleef stilstaan toen ze Lukas en Sandra in het trappenhuis hoorde.

'Toch hebben we al enorme vooruitgang geboekt', hoorde ze Sandra zeggen. 'Rosalie herinnert zich een fijn moment met jou. Misschien herinnert ze zich binnenkort ook weer dat er weinig zulke momenten waren.'

'Dat hoop ik dan maar', kreunde hij.

'Ze zal dan snel zelf tot het besef komen dat het geen zin heeft.' Een gevoel van angst bekroop Cosima. Rosalie herinnerde zich iets?!

'We moeten nu in de eerste plaats blij zijn voor Rosalie dat haar geheugen toch al voor een klein stukje terug is gekomen', vond Michael toen Lukas en Sandra hem op de hoogte brachten van de nieuwste ontwikkeling. Maar amnesie was een onvoorspelbare aandoening. Niemand kon inschatten wanneer Rosalie zich weer alles zou kunnen herinneren. Lukas vertelde ook dat Rosalie erop stond weer in zijn huis te wonen. Die hij met Michael deelde.

'Lukas denkt dat ze dat alleen maar wil om meer bij u in de buurt te zijn', vulde Sandra aan.

'Als ze haar zinnen op iemand heeft gezet, doet ze er alles aan om hem te krijgen', zei Lukas.

'Als dat zo is, zal ik haar zwaar ontgoochelen.' Maar Michael geloofde niet dat Rosalie zo berekend was. 'Mensen in haar toestand bedenken zelden strategieën op lange termijn. Ze hebben geen verleden meer en daarom kunnen ze zich alleen bezighouden met wensen en emoties in het heden. En die zijn niet beïnvloed door het verleden en dus eerlijk.' Die indruk had Sandra ook. Maar Lukas noch zij wist hoe ze met de situatie moesten omgaan. Waarom was alles weer zo moeilijk?

Cosima had een brief geschreven voor Rosalie en die laten bezorgen.

'Lieve Rosalie,' schreef ze, 'ik maak me grote zorgen om je en zou graag weten hoe het met je gaat en wat je voelt. Ik zou graag snel met je willen afspreken, zodat we je toekomst met Lukas kunnen bespreken. Je schoonmoeder en beste vriendin.'

Rosalie staarde nadenkend naar de brief. Lukas had haar gewaarschuwd voor Cosima. Maar haar woorden klonken oprecht vriendelijk en bezorgd...

2

'Dit is de eerste en laatste avond die we hier samen doorbrengen.' Met die woorden betrad Götz de woning, waar Charlotte en Werner aan de tafel zaten.

'Denkt u dat u ons hier buiten krijgt?' Werner werd meteen boos.

'Wij verhuizen.' Er verscheen een brede grijns op Werners gezicht.

'Ach, wie had durven denken dat meneer en mevrouw zo snel hun verstand zouden gebruiken', zei hij tegen Charlotte.

'Het lachen zal u snel vergaan', zei Zastrow dreigend tegen hen. 'We zien elkaar namelijk binnen enkele dagen voor de rechtbank.'

'Waar u de grootste nederlaag uit uw carrière zult beleven', zei Werner gelaten.

'Wacht maar.' Charlotte keek Götz wantrouwend aan. 'Ik zal de waarheid aan het licht laten komen', kondigde hij aan. 'De ware toedracht van de strijd op leven en dood daar in de bergen. Voor zover ik weet, moest Barbara het alleen opnemen tegen drie tegenstanders. En het hele voorval eindigde met een val van haar in de diepte...'

'Waar stuurt u op aan?' vroeg Charlotte.

'Ik vind het persoonlijk heel vreemd dat uitgerekend het slachtoffer nu op de beklaagdenbank zit, terwijl de andere betrokkenen doen alsof zij het slachtoffer waren', antwoordde de advocaat.

'Die vrouw hoort thuis in de hel!' barstte Werner uit. 'Ze verdient niets anders.'

'Die beslissing laten we het beste over aan de rechter', antwoordde Götz.

'Als die het niet doet, zal ik er zelf voor zorgen dat ze haar verdiende straf krijgt.' Nu was het Zastrows beurt om te grijnzen.

'Dat is het recht in eigen hand nemen', stelde hij vast. 'Misschien hebt u dat al eerder geprobeerd?' Werner wilde hem naar de keel vliegen, maar Charlotte hield hem tegen.

'Zie je dan niet dat hij je probeert uit te dagen?' probeerde ze hem te kalmeren. Maar Götz was tevreden, hij had bereikt wat hij wilde bereiken.

Pas de volgende ochtend vertelde hij Cosima dat ze zouden verhuizen. Ze was er allesbehalve blij mee.

'Ik ben de advocaat van mevrouw Von Heidenberg, ik mag niet met een getuige in hetzelfde huis wonen', legde haar man haar uit.

'Dus ik moet hier weg vanwege een cliënte van jou?' vroeg ze boos. 'Ik denk er niet aan.'

'Ik heb al een waarschuwing gekregen van de openbare aanklager', drong hij aan. 'Trouwens, het is hier veel te druk. We zouden voortdurend ruzie maken. En privacy hebben we hier al helemaal niet.'

'We hebben onze slaapkamer toch', zei ze koppig. Hij gebruikte weer zijn verzonnen ziekte om haar te overtuigen.

'Begrijp me toch...' Hij keek haar meelijwekkend aan. 'Ik heb misschien nog maar enkele maanden te leven. Ik wil je in die korte tijd alleen voor mij hebben.' Er verscheen een grijns op haar gezicht.

'Ach zo... Dus je bent jaloers.' Dat idee beviel haar wel.

'Ik hou van je', zei hij huichelachtig. 'Alleen al het idee dat die kok hier om je heen drentelt, maakt me gek.'

'Je bent lief.' Cosima voelde zich duidelijk gevleid. Als het zo zat, was ze natuurlijk meteen bereid haar koffers te pakken en te verhuizen...

In werkelijkheid had Götz heel andere plannen met zijn overhaaste verhuis. Hij had namelijk een idee om de situatie uit te buiten. Hij installeerde afluisterapparatuur in de woning. Zo kon hij horen wat de tegenpartij zoal te vertellen had terwijl ze dachten dat de vijand hen niet kon horen...

'Heb je mijn brief gekregen?' Cosima ontmoette Rosalie in het park, waar ze in haar rolstoel door haar lijfwacht werd voortgeduwd. Rosalie knikte. 'Heb je misschien een paar minuten de tijd, zodat we ongestoord onder vier ogen met elkaar kunnen praten?'

'Ik heb de strikte opdracht gekregen haar nooit alleen te laten', onderbrak de lijfwacht haar voor Rosalie zelf iets kon zeggen.

'Fijn dat u uw baan zo ernstig neemt...' Cosima glimlachte geforceerd vriendelijk. 'Maar wij zijn goed bevriend en ik ben haar schoonmoeder, u hoeft zich geen zorgen te maken.'

'Het spijt me.' De lijfwacht gaf niet toe.

'Lukas heeft die opdracht gegeven', zei Rosalie.

'Typisch Lukas.' Cosima deed er een beetje lacherig over. 'Dat heeft die feeks van een Sandra hem vast in het oor gefluisterd.'

'Ik vind haar heel vriendelijk...' Rosalie keek haar nu bedroefd aan. 'Behalve natuurlijk...'

'Dat ze je man inpikt', vulde Cosima droogjes aan. 'Lukas en jij waren zo'n prachtpaar. Jullie waren samen gelukkig, tevreden, tot zij zich opdrong.' Cosima had goed nagedacht over haar woorden en wekte zo de nieuwsgierigheid van haar schoondochter.

'Kun je me meer vertellen over hoe het vroeger was tussen Lukas en mij?' vroeg Rosalie.

'Heel graag', zei Cosima huichelachtig. 'Maar dat gaat toch alleen jou en mij wat aan, niet?' De lijfwacht nam haar telefoon en probeerde Lukas Zastrow te bellen. Ze werd verbonden met zijn voicemail. Rosalie nam zelf het heft in handen en vroeg haar lijfwacht haar alleen te laten met haar schoonmoeder.

'Goed dat ik u zie.' De lijfwacht was op zoek gegaan naar Lukas en trof hem samen met Sandra aan in de lobby. 'Rosalie vroeg me haar alleen te laten met uw moeder.' Lukas' hart stond bijna stil.

'Waar zijn ze nu?' De lijfwacht wees naar buiten. Lukas en Sandra renden het park in. Er was geen spoor meer te vinden van Rosalie en Cosima. Ben, die net een wandeling maakte, kon hun vertellen dat de twee in de richting van het bos waren gewandeld...

'Het is zo lang geleden dat ik in het bos ben geweest!' Rosalie keek vrolijk om zich heen op de open plek waar Cosima haar naartoe had geduwd.

'We zijn hier vroeger vaak samen geweest en praatten dan urenlang', beweerde Cosima.

'Waren we echt zulke goede vriendinnen?' vroeg Rosalie en ze bekeek haar schoonmoeder.

'Je was een droom van een schoondochter', vleide Cosima. 'We konden het vanaf het begin goed met elkaar vinden.' Rosalie genoot duidelijk van het compliment. 'Lukas en jij passen uitstekend samen. Ik was blij toen jullie huwden.'

'Denk je dat we nog een kans maken?' vroeg Rosalie hoopvol.

'Het is in elk geval de moeite waard om ervoor te vechten', antwoordde haar schoonmoeder. 'Laat je niet in de war brengen door Sandra. Lukas is met jou gehuwd. Het komt heus wel weer goed tussen jullie.' Rosalie was er nog niet zo zeker van.

'Echt heel goed kun je het toch niet vinden met je zoon, wel?' vroeg ze.

'Welk kind hoort graag van zijn moeder dat ze het niet eens is met zijn keuze van levensgezel?' zei Cosima overdreven luchtig. 'Jij bent de enige ware voor Lukas. Jij bent sociaal, intelligent, je ziet er goed uit. Dat is niet onbelangrijk als je mede-eigenaar bent van een vijfsterrenhotel.' Dat kon Rosalie niet tegenspreken. 'Laat je door niemand ophitsen. Vertrouw op je gezond verstand.' Cosima's stem klonk erg vleierig. 'Je kon en kunt nog altijd voor honderd procent op mij vertrouwen.'

'Daar zijn ze!' Met de lijfwacht in zijn kielzog rende Lukas door het bos. Hij was ontzettend opgelucht toen hij Rosalie gezond en wel in het gezelschap van zijn moeder aantrof. 'Is alles oké?' vroeg hij bezorgd.

'Ja, alles is oké.' Rosalie was duidelijk geschrokken. 'Wat is er aan de hand?'

'Mag ik niet meer voor mijn zieke schoondochter zorgen?' vroeg Cosima beledigd. Haar zoon keek haar even argwanend aan.

'Ik zal zelf weer voor mijn vrouw zorgen', zei hij kortaf. Toen rinkelde zijn mobiele telefoon. Het was Sandra. Ze was nog steeds het park aan het afzoeken en wilde weten of hij Rosalie had gevonden. 'Ja, ik heb haar gevonden en alles is oké.'

'Ik zei het je toch', fluisterde Cosima haar schoondochter stilletjes toe. 'Hij houdt nog altijd van je.' Ze nam overdreven hartelijk afscheid van Rosalie en gaf haar zelfs een kus op de wang.

'Wat wilde ze van je?' Lukas richtte zich tot Rosalie nadat Cosima uit het zicht was verdwenen.

'We hebben gewoon wat gepraat', antwoordde zijn vrouw. 'Ik heb zo'n vriendelijke schoonmoeder... Zijn schoonmoeders normaal gezien geen vreselijke wezens?'

'Dat is ze ook', zei hij grimmig. 'Zolang we niet weten wie jou heeft proberen te vermoorden, mag je niet alleen zijn. Vooral niet met mijn moeder!'

'Als jouw moeder me iets wilde aandoen, had ze daartoe nu toch volop de gelegenheid?' vroeg Rosalie en ze nam zijn hand vast. 'Ik vind het lief van je dat je je zorgen maakt. Maar het is niet nodig.' Opnieuw rinkelde zijn telefoon. Hij moest dringend naar het kantoor.

'Blijf alsjeblieft altijd in de buurt van je lijfwacht', zei hij voor hij wegging. 'Doe het voor mij.' Ze knikte en liet zich dan door de lijfwacht terug naar het park duwen. Daar zag ze hoe Ben Sponheim met een spade een gat in de grond groef. Hij was samen met de tuinman nieuwe bomen aan het planten. Plotseling herinnerde ze zich weer wat. Rosalie had Ben al eerder een gat zien graven. In het bos. Hij had toen een plastic tas vol geld opgegraven...

Rosalie wist niet wat deze herinnering betekende. Ze reed opgewonden naar Ben.

'Kenden wij elkaar vroeger goed?' vroeg ze hem.

'Gaat wel', antwoordde hij geïrriteerd. Ze glimlachte en vertelde hem dan wat ze zich had herinnerd.

'Jij groef in het bos geld op.' Ben staarde haar verbluft aan. De twee merkten niet dat op dat moment Werner Saalfeld de hoek om kwam en meteen de oren spitste. 'Je nam een paar bankbiljetten en maakte de put toen weer dicht', ging Rosalie voort. 'Weet je waarover ik het heb?'

'Nee, ik...' stamelde Ben. 'Klinkt vreemd... Geen idee...'

'Mevrouw Zastrow, uw fysiotherapie begint zo dadelijk', maande de lijfwacht haar.

'Ja, natuurlijk.' Rosalie wendde zich nog eenmaal tot Ben. 'Kunnen we dit later in alle rust bespreken?' Toen vertrok ze. Werner Saalfeld kwam tevoorschijn en nam de hotelbediende mee naar zijn kantoor.

'En u hebt mij wijsgemaakt dat u het geld had verbrand?!' Werner was razend. Hij had het meteen geweten. Het geld waarover Rosalie sprak en dat Ben in het bos zou hebben verstopt, kon weleens het miljoen zijn van Barbara's levensverzekering. Nu bleek dat Rosalie de verstopplaats had gekend, besefte Ben dat zij toen het geld had gestolen!

'Plotseling had ze altijd voldoende geld', herinnerde hij zich. 'Terwijl ze tot dan toe altijd krap bij kas had gezeten.'

'Met dat geld heeft die feeks de aandelen van het Fürstenhof gekocht', stelde Werner boos vast.

'Dus die aandelen zijn in feite van mij!' besloot Ben.

'Nonsens!' sprak Werner hem woedend tegen. 'Ik heb toen die levensverzekering tot de laatste cent moeten terugbetalen. Ze zijn van mij! En ik zal ze ook terugkrijgen!' Ben zweeg geïntimideerd.

Götz zocht zijn cliënte nogmaals op. Ze bespraken de strategie die hij had uitgedokterd voor het proces.

'We doen het zo: jij doet alsof je je nog altijd niet kunt herinneren wat er precies op de berg is gebeurd.' Barbara reageerde weinig enthousiast.

'Dus ik moet me als een zwakzinnige gedragen?' siste ze.

'Je lijdt helaas nog altijd aan gaten in je geheugen', corrigeerde hij haar ironisch. Dat ze het niet leuk vond die rol te spelen, interesseerde hem niet. 'We moeten de rechter overtuigen, alleen dat telt. Zij moet aan het einde van het proces geloven dat jij op het moment van de gebeurtenissen ontoerekeningsvatbaar was.' Het was hun enige kans om een veroordeling te vermijden. Barbara zuchtte.

'Werner zal me met de grond gelijkmaken', vreesde ze. Götz had behalve Ben nog altijd geen getuigen die in haar voordeel wilden getuigen.

'Kalm aan maar', zei hij. 'Ik heb een veel betere manier gevonden om je te helpen. Ik heb afluisterapparatuur geïnstalleerd in de woning van Werner Saalfeld.'

'Afgeluisterde gesprekken zijn nutteloos in een rechtszaak', zei ze boos. 'Dat moet ik jou toch niet uitleggen?'

'Nee, dat klopt', gaf hij toe. 'Maar ik kan er nuttige informatie uit halen...' Barbara ontspande. 'Ik ga voor mijn cliënten door het vuur', benadrukte hij. 'Ik ben niet zomaar zo succesvol geworden.' Hij legde zijn arm om haar schouder.

'Zeg me dan maar wat ik moet doen...' Ze was het dus eindelijk eens met zijn strategie.

Eva wist nog altijd niet meer. Ze was ingetrokken bij de Sonnbichlers en had haar kamer gerenoveerd en geschilderd. Alfons had haar een beetje geholpen en daarbij hadden ze ontdekt dat ze allebei op dezelfde plek op hun arm een soortgelijke moedervlek hadden. Hij had het Hildegard meteen verteld, hij leek er niets achter te zoeken. Heel even was Eva in de verleiding geweest de twee de waarheid te vertellen, maar ze had zich op het laatste nippertje ingehouden. Ze voelde zich toch niet helemaal op haar gemak bij de situatie.

Toen vertelde Tanja haar ook nog dat Alfons al een buitenechtelijke zoon had: Alexander! De moeder was Charlotte Saalfeld. Hildegard had het er niet gemakkelijk mee gehad toen dat aan het licht kwam. Ook al was Alexander verwekt nog voor zij haar man had leren kennen.

Werner had nagedacht en besloten Rosalie met de waarheid te confronteren. Hij zocht haar op in haar woning. Ze probeerde net te lopen met behulp van krukken.

'Dat doet u heel goed', loofde hij haar noodgedwongen, en kwam toen ter zake. 'U hebt het geld dat Ben Sponheim had verstopt, stiekem opgegraven en gestolen.' Rosalie lachte.

'Dat klinkt wel heel spannend', zei ze.

'Zo is het toch gegaan', beweerde hij.

'En wat hebt u ermee te maken?' vroeg ze.

'U hebt het geld gebruikt om aandelen van het Fürstenhof te kopen', ging Werner voort. 'Dat is de enige verklaring. U had zelf geen geld. Hoe kon u zich anders plotseling twintig procent van de aandelen veroorloven?'

‘Hoe weet u zo goed dat ik geen geld had?’ drong ze aan.

‘Omdat ik uw verhaal heel goed ken’, legde hij uit. ‘Het geld waarover we het hier de hele tijd hebben, was mijn geld.’ Ze plofte neer op een stoel.

‘Wacht eens even... Hoe komt het dat het geld nu ineens van u blijkt te zijn?’

‘Ben Sponheim en zijn moeder hebben het van me gestolen’, antwoordde Werner. Ze keek hem sceptisch aan. ‘Als Ben de rechtmatige eigenaar van het geld was, waarom zou hij het dan hebben verstopt en zette hij het niet op zijn bankrekening?’ legde Werner uit en hij probeerde uit alle macht rustig te blijven. ‘Het komt er in elk geval op neer dat het geld dat u hebt gestolen, van mij is. En dus is het uw plicht uw aandelen aan mij over te dragen.’

‘Dit klinkt allemaal heel ingewikkeld.’ Rosalie was helemaal in de war. ‘Ik kan me niets meer herinneren. Hoe weet ik dat u de waarheid spreekt?’

‘Omdat ik u nooit zou bedriegen.’ Ze vroeg hem haar alleen te laten. Ze wilde hierover nadenken.

‘Je bent iets van plan met Rosalie, is het niet?’ Cosima zat in haar oude woning. Lukas had haar opgezocht en stond nu dreigend voor haar. Hij keek haar met een wantrouwige blik doordringend aan.

‘Je hoeft niet zo’n beschuldigende toon tegen me aan te slaan’, antwoordde Cosima. ‘Rosalie heeft haar lijfwacht gevraagd ons alleen te laten. We wilden gewoon een paar minuten ongestoord met elkaar praten.’

‘Omdat je geen getuigen in de buurt wilt als Rosalie zich toevallig een moordaanslag herinnert’, zei Lukas.

'Hoor ik dit goed? Beschuldig je mij van zoiets?' Hij keek haar strak aan en knikte.

'Helaas kan ik het niet bewijzen', zei hij toen. 'Nog niet.'

'Heeft je bloemenmeisje je weer op ideeën gebracht?' vroeg zijn moeder spottend.

'Jij hebt Sandra afgeperst.' Sindsdien wist Lukas maar al te goed dat Cosima tot alles in staat was. Ze hield een foto van Markus voor zijn neus, die ze net uit een van de verhuisdozen had gehaald.

'Je broer zou me nooit zo hebben behandeld!' verweet ze hem.

'Je hebt hem ook nooit behandeld zoals mij, met al je intriges, leugens en boosaardige plannen', kaatste Lukas terug.

'En dat zeg uitgerekend jij?!' Ze beefde van woede. 'Ik heb mijn aandelen moeten teruggeven! En waarom? Omdat mijn eigen zoon me anders zou hebben verraden!'

'Nee, omdat jij de dertig procent aandelen van Charlotte Saalfeld had ingepikt', corrigeerde hij koel. 'Ik trap niet meer in je leugens, moeder. Als Rosalie ook maar iets overkomt, krijg je met mij te doen!' Hij liep naar de deur.

'Ik zorg er nog altijd voor dat je een alibi hebt', siste ze achter zijn rug. 'En jij bent zo ondankbaar.' Hij negeerde haar woorden en liet haar alleen achter.

3

De volgende ochtend kwam Lukas zijn woning binnen toen Rosalie net de ontbijttafel dekte. Hij had de nacht doorgebracht bij Sandra en dat kwetste zijn vrouw natuurlijk. Ze probeerde echter niets te laten merken. Lukas prees haar omdat ze al met krukken kon lopen.

'Hoe heb je dat voor elkaar gekregen?' vroeg hij oprecht geïnteresseerd.

'Oefenen, oefenen en nog eens oefenen', antwoordde ze.

'Dat is knap van je', zei hij eerlijk. 'Je maakt een grote vooruitgang.'

'Dank je.' Ze glimlachte een beetje onzeker.

'Het spijt me...' Zijn stem werd zachter. 'Ik was niet echt vriendelijk toen je hier introk.' Ze ging aan tafel zitten en vroeg hem om begrip.

'Als ik me alles moet kunnen herinneren, zul je in mijn buurt moeten zijn...' Hij knikte. Hij begreep het wel.

'We zullen elkaar vast niet de kop inslaan', hoopte hij en schonk een kop koffie voor haar in. Ze straalde. Hij was van plan geweest nog eenmaal met haar over de scheiding te praten, maar ze begon te vertellen dat ze zich weer wat had herinnerd.

'Ben, die hotelbediende, heeft ooit geld in het bos verstopt. En nu beweert meneer Saalfeld dat ik het heb opgegraven en met dat geld de aandelen heb gekocht. Heb ik je daarover ooit iets verteld?' Lukas schudde verbijsterd zijn hoofd. Het was de eerste maal dat hij hierover iets vernam. 'Dan heeft Werner Saalfeld vast gelogen', stelde ze opgelucht vast. 'Jij bent mijn man, ik zou het je toch hebben verteld, niet?'

'Daarvan ben ik niet zo zeker', zei hij voorzichtig. 'Zoiets doen... Het past eerlijk gezegd wel bij de Rosalie van voor het geheugenverlies.'

Vandaag begon het proces tegen Barbara von Heidenberg. Alfons en Charlotte woonden het proces bij, Werner mocht er als getuige nu nog niet bij zijn. Ook Ben zat in de rechtszaal en hij keek bezorgd en gekweld naar zijn moeder. Toen ze de zaal binnenkwam, flitste het ene na het andere fototoestel in haar richting, maar ze vertrok geen spier. Met een verstard gezicht had ze plaatsgenomen in de beklaagdenbank, naast Götz Zastrow.

Een van de portiers stuurde de journalisten naar buiten. Felicitas Strehle, de rechter die dit proces zou leiden, opende de zitting.

'Op basis van de mij voorhanden zijnde gegevens beschouw ik de beklaagde als handelingsbekwaam', begon ze. 'Meester, hebt u nog verder advies nodig over de handelingsbekwaamheid van uw cliënte?' Götz boog zich kort naar Barbara en ze schudde zacht haar hoofd.

'Op vraag van mijn cliënte zie ik af van verder onderzoek', zei hij toen. De rechter stelde de identiteit van Barbara vast.

'Rosalie vertelde me net iets waarvan ik echt perplex sta.' Lukas was de woning van de Saalfelds binnengestormd en trof daar Sandra en haar vader nog aan de ontbijttafel aan.

Werner was nerveus door het proces tegen Barbara en zijn dochter hield hem een beetje gezelschap. Werner had haar ook al verteld over het gestolen geld. 'Rosalie is er helemaal door van streek en weet niet wat ze moet doen.'

'Het is nochtans simpel,' zei Werner boos, 'ze draagt de aandelen die ze met mijn geld kocht, gewoon aan me over!'

'Ze beseft stilaan wel dat ze mogelijk iets verkeerds heeft gedaan', stelde Lukas vast.

'Dan zouden Charlotte en jij weer vijftig procent bezitten en zo komt het weer tot een patstelling', zei Sandra tegen haar vader.

'Ik vrees alleen dat Rosalie Engel ons dat plezier niet zal doen', bromde Werner. 'Ze lijdt weliswaar aan geheugenverlies, maar haar karakter verandert niet zomaar.'

'Ik vind dat ze veel liever en vriendelijker is geworden', sprak Sandra hem tegen. Maar Werner schudde zijn hoofd. Morele twijfels hadden nog nooit indruk gemaakt op Rosalie Engel.

'Wat denkt u?' vroeg hij aan Lukas.

'Rosalie wil misschien wel een toegeving doen...' Maar of ze dat ook zou doen, Lukas wist het echt niet.

Rosalie wilde er absoluut met iemand over praten en nam daarom dokter Niederbühl in vertrouwen.

'Zou het waar kunnen zijn? Zou ik geld van Werner Saalfeld hebben gestolen en daarmee de aandelen van het Fürstenhof hebben gekocht?' Michael keek haar eerst sprakeloos aan. Herinnerde ze zich dat? 'Meneer Saalfeld en Ben Sponheim vertelden het me toen ik me weer iets herinnerde', zei ze beteuterd.

'Ik weet er helemaal niets van', zei de arts. 'Maar als het inderdaad zo is...'

'Dan zou ik zowel moreel als juridisch verplicht zijn de aandelen terug te geven...' vulde ze nadenkend aan. Zou ze voor haar coma echt in staat geweest zijn tot zulke smerige trucs? Lukas hield het voor mogelijk. 'Nu begrijp ik ook waarom hij per se wil scheiden', zuchtte ze.

'Ik weet niet of dat de enige reden is', wierp Michael voorzichtig op.

'Het is vast een van de redenen!' hield ze ongelukkig vol. 'Misschien kan ik hem weer voor me winnen als ik mijn goede wil toon.' Daarvoor moest ze Werner Saalfeld de aandelen teruggeven.

'Als het waar is wat de anderen beweren, zou dat een edel gebaar zijn', vond Michael. 'Maar bedenk wel dat het niet betekent dat Lukas opnieuw voor u zal kiezen.'

'Ik kan het in elk geval wel hopen', stelde ze koppig vast.

'En hoe zit het dan met uw financiële situatie?' drong hij aan. 'U bent nog ziek en kunt nog niet aan het werk.'

'U zei toch dat ik goede vooruitgang boek!' riep ze.

'Natuurlijk,' zei hij kalmerend, 'maar u kunt de aandelen beter pas teruggeven als u weer op eigen benen kunt staan.' Rosalie twijfelde.

Nadat Barbara's identiteit was vastgesteld, las de openbare aanklager, Georg Rosenberg, de aanklacht voor.

'Beklaagde Barbara von Heidenberg wordt ervan beschuldigd op 12 juli 2007 bij het kruis op de top van de Sprießlerberg een moordaanslag te hebben gepleegd op de volgende drie personen: Werner Saalfeld, Robert Saalfeld en Miriam Saalfeld, toen Gruber, meisjesnaam Von Heidenberg.' Ben keek gekweld naar zijn moeder. Ze beantwoordde zijn blik en probeerde naar hem te glimlachen. 'Daarnaast wordt de beklaagde ervan beschuldigd Felix en Emma Saalfeld, meisjesnaam Strobl, enkele dagen van de vrijheid te hebben beroofd en opgesloten te hebben in een krachtcentrale', ging de openbare aanklager voort. Barbara sloeg nederig haar ogen neer.

'En met dat monster was Werner gehuwd', fluisterde Charlotte ontzet.

'Ik ben benieuwd wat onze lieftallige advocaat er voor haar uit probeert te halen', antwoordde Alfons naast haar. Hij kon Götz Zastrow niet uitstaan.

'Deze daden zijn strafbaar als poging tot moord en het beroven van de vrijheid', besloot Georg Rosenberg.

'Bedankt', zei de rechter en ze wendde zich tot de beklaagde. 'Mevrouw Von Heidenberg, u weet dat u het recht hebt te zwijgen. Of wilt u toch nog iets zeggen?' Barbara zweeg.

'De tragische gebeurtenissen op de berg hebben mijn cliente diep geschokt', begon Götz. 'Zo diep geschokt dat ze zich nog altijd bepaalde dingen niet kan herinneren...' Felicitas Strehle trok wantrouwig haar wenkbrauwen op. Barbara merkte het. 'Die gedeeltelijke amnesie van mijn cliente wordt met dit verslag gestaafd.' Götz bracht een document naar de rechter. Mevrouw Strehle wierp er een sceptische blik op. 'Daarom is het voor mijn cliënte onmogelijk een standpunt in te nemen over de ontstellende gebeurtenissen op de berg', ging Zastrow voort. 'Ze zou u heel graag alles vertellen, maar ze kan zich helaas niets herinneren.'

'Klopt dat, mevrouw Von Heidenberg?' De stem van de rechter klonk enigszins spottend. Barbara aarzelde even en wierp Götz een korte, vertwijfelde blik toe. Vervolgens rechtte ze haar rug en nam ze een besluit.

'Nee, dat klopt niet.' Er steeg luid gemompel op onder de aanwezigen in de zaal. 'Ik kan me alles herinneren en zal dan ook alles vertellen.'

Geschokt staarde de advocaat zijn cliënte aan. Dit hadden ze niet afgesproken! Haastig vroeg hij om een opschorting van de zitting. Felicias Strehle verdaagde de zitting meteen naar de volgende voormiddag.

'Wat heeft deze plotselinge ommezwaai te betekenen?' Götz was buiten zichzelf van woede toen hij eindelijk met Barbara alleen kon spreken. 'Waarom houd jij je niet aan onze afspraak?'

'Je plan was gedoemd om te mislukken', antwoordde Barbara onaangedaan. 'Ik moest heel snel reageren. De rechter geloofde geen woord van je verhaal over mijn geheugenverlies, dat zag je toch.'

'Ik had haar heus wel kunnen overtuigen de komende dagen', sprak hij haar tegen.

'Denk je nu echt dat er ook maar iemand zou geloven dat ik me net die gebeurtenissen niet meer kan herinneren?' Ze snoof. 'Met die strategie zou ik mijn laatste greintje sympathie hebben verloren.'

'Welke sympathie?' reageerde hij. 'Die moeten we nog opbouwen.' Nu leek het of ze een vervalst verslag hadden voorgelegd aan de rechter. Maar Barbara maakte zich daarover geen zorgen.

'Ik ben niet van plan in de gevangenis te zitten tot ik oud en grijs ben', kondigde ze aan.

'Wat stel je dan voor?' vroeg hij geërgerd.

'Risico's nemen, agressief handelen en de tegenstander verrassen!' Hij keek haar verbouwereerd aan. Hij deed niets liever. Maar durfde ze dat echt? 'Ik wil tot het uiterste gaan!' Ze zag er vastbesloten uit.

Götz kwam Cosima's woning binnen, waar zijn vrouw buitengewoon gespannen op hem zat te wachten.

'Wat is er aan de hand?' vroeg hij.

'Rosalie begint zich alles te herinneren...' Hij keek haar scherp aan. Waarom maakte dat haar zo bezorgd? Hij besloot te bluffen.

'Je hoeft me niets wijs te maken, liefste, ik weet het al', zei hij. 'Het was geen zelfmoordpoging. Jij hebt je schoondochter proberen te vermoorden. En nu ben je bang dat Rosalie zich de onzalige details herinnert.' Cosima zweeg betrapt. Hij omhelsde haar gespeeld liefdevol. 'Wat er ook is gebeurd, ik zal je niet verraden', zei hij vleiend. 'Ik zal je helpen. We zijn toch een team.' De tranen sprongen haar in de ogen.

'Ik... Ik heb Rosalie stiekem een slaapmiddel toegediend', bekende ze haperend. 'Ze wilde scheiden van Lukas en haar aandelen aan de bank verkopen. Ik wilde dat verhinderen.' Nadat haar schoondochter met de wagen was vertrokken, was ze haar met haar eigen wagen gevolgd. 'Op een verlaten weg stopte ze. Ze sliep toen ik bij haar kwam. Het was heel gemakkelijk om het op zelfmoord te laten lijken. Ik hoefde haar alleen maar een heel klein beetje te helpen...' Ze keek hem aan in de hoop te zien dat hij begrip voor haar gedrag kon opbrengen. Hij wist heel even niet wat hij moest zeggen, maar herpakte zich dan snel.

'Ik weet niet waarom je zo nerveus bent.' Rosalie zou zich vast niets herinneren. Het slaapmiddel had daarvoor gezorgd. Bovendien waren er geen bewijzen. Cosima kon deze geruststellende woorden echt gebruiken. Ze haalde diep adem en ontspande een beetje. Hij vroeg haar alvast naar het restaurant te gaan, hij had vreselijke honger en zou haar snel achternakomen, maar hij moest eerst nog een dringend telefoontje plegen.

In werkelijkheid wilde hij horen wat er zoal in de woning van de Saalfelds werd gezegd. Toen hij de afluisterapparatuur inschakelde, kreeg hij meteen een verrassend nieuwtje te horen. Werner vertelde Charlotte net dat hij had ontdekt dat Rosalie ooit geld had gestolen van de levensverzekering van Barbara en dat ze daarmee haar aandelen van het Fürstenhof had gekocht.

'Ik moet zo snel mogelijk iets ondernemen', zei Werner.

'Wat ben je dan van plan?' vroeg zijn ex-vrouw.

'Een schenking!' riep hij.

'Denk je nu echt dat ze het daarmee eens zal zijn?' Charlotte klonk sceptisch.

'Dat regel ik wel.' Götz Zastrow fronste de wenkbrauwen. Ook hij moest dringend iets ondernemen.

Eva zat in de personeelskamer en telefoneerde met haar broer. Hij bleef erbij dat ze open kaart moest spelen met Alfons Sonnbichler. Net op dat moment kwam Hildegard binnen. Eva brak het telefoongesprek abrupt af en zei dat ze dringend naar het restaurant moest. In haar verwarring vergat ze een boek op de tafel, een handleiding voor het serveren in chique restaurants. Geïnteresseerd doorbladerde Hildegard het boek. En zo ontdekte ze een foto. Een oude foto, met daarop een jongeman. Het was zonder twijfel haar man Alfons.

Ze sprak hem erover aan. Hij kon niet verklaren hoe een foto van hem in de handen van Eva Krendlinger kon zijn gevallen.

'Denk je dat ze in onze spullen heeft geneusd?' vroeg Hildegard bezorgd.

'Ach, nee!' Hij kon zich dat met de beste wil van de wereld niet voorstellen. Maar natuurlijk zou zijn vrouw het hierbij niet laten.

Werner had in allerijl een schenkingsovereenkomst laten opstellen en ging er nu mee naar Rosalie. Hij stapte haar woning binnen en viel met de deur in huis.

'Het is belangrijk dat u uw fout rechtzet en me mijn eigendom teruggeeft', verklaarde hij vastberaden en legde de map met daarin de overeenkomst voor haar op de tafel. 'U hoeft het alleen maar te ondertekenen.'

'Hoe weet ik dat u mij niet oplicht?' antwoordde Rosalie en ze hield haar armen gekruist voor haar borst. Zo snel was ze niet onder de indruk.

'Ik heb met Ben gesproken', loog Werner. 'Hij kan bevestigen dat de aandelen mij toebehoren.' Rosalie vroeg om een beetje bedenktijd.

'Ik doe helemaal niets voor mijn geheugen helemaal teruggekeerd is', zei ze.

'Goed.' Werner verhief zijn stem. 'Dan breng ik de politie ervan op de hoogte dat u zich onrechtmatig hebt verrijkt.'

Geschrokken kromp Rosalie in elkaar. De lijfwacht stond meteen bij haar, maar Werner liet zich door de vrouw niet afschrikken.

'Als u niet in de gevangenis wilt belanden, kunt u dit document maar beter tekenen.' Bang nam Rosalie de pen aan die hij haar toestak. Plotseling ging de deur open en Cosima kwam binnen.

'Rosalie, stop!' riep ze. 'Teken niet!'

‘Bemoeit u zich met uw eigen zaken!’ tierde Werner. ‘Dit gaat u niets aan.’

‘Geloof geen woord van wat deze Konopka, would-be Saalfeld je allemaal heeft verteld!’ riep Lukas’ moeder. ‘Hij maakt alleen maar misbruik van je situatie!’ Werner had zin haar naar de keel te vliegen. Zeker toen hij merkte dat Rosalie begon te twijfelen.

‘Ik weet niet meer wie ik nog kan geloven’, stamelde ze en ze vroeg de twee kemphanen haar alleen te laten, zodat ze kon nadenken.

Voorlopig had Cosima gewonnen. Maar Werner wierp de handdoek nog niet in de ring. Hij liet de schenkingsovereenkomst bij Rosalie op de tafel liggen.

‘Ik heb ze er allebei uitgegooid’, vertelde Rosalie even later tegen Lukas. Ze was nog altijd van streek. Hoe kon ze in hemelsnaam te weten komen waar het geld voor de aandelen vandaan was gekomen? Ze kon zich niets herinneren! En Lukas kon haar ook niet helpen. Hij wist van die zaak niets af. ‘Hoe zit het eigenlijk met je moeder?’ vroeg ze vertwijfeld. ‘Was ze ooit echt een goede vriendin van mij?’

‘Daar leek het toch op’, antwoordde hij, maar hij keek haar sceptisch aan.

‘Ik weet dat je haar ervan verdenkt een moordaanslag op me te hebben gepleegd. Maar ze is zo vriendelijk tegen me...’ Ze kon het zich echt niet voorstellen. Lukas stootte een sarcastisch lachje uit.

‘Ik denk dat de waarheid je niet interesseert’, verweet hij Rosalie. ‘Je bent alleen op zoek naar een reden om die aandelen niet te moeten afstaan.’

‘Wat bedoel je?’ vroeg ze verwonderd.

‘Dat je ze wilt behouden’, zei hij droogjes. ‘Rijkdom en macht, dat vond je altijd het belangrijkste. Of het er daarbij eerlijk aan toe ging, dat maakte je niets uit.’

‘Dat is niet waar!’ Ze keek hem geschokt aan. Ze wilde niet dat hij haar geldbelust vond...

4

'Hoe wist Cosima dat jij bij Rosalie Zastrow was?' Dat was de eerste vraag die Charlotte stelde nadat Werner haar woedend had verteld wat er was gebeurd. Werner wist het niet. Hij had alleen met Charlotte en Sandra erover gesproken. En met zijn broer. Maar hij kon zich niet voorstellen dat André het meteen zou doorvertellen aan Cosima.

'Misschien was het gewoon toeval?' meende hij. Charlotte haalde haar schouders op. Ze konden niet vermoeden dat Götz Zastrow hun woning afluisterde.

'Hoe wist jij eigenlijk dat die would-be Saalfeld naar onze schoondochter ging?' Die vraag stelde Cosima op dat moment aan haar man.

'Een goede advocaat heeft zo zijn bronnen...' antwoordde Götz geheimzinnig en gelukkig nam ze daarmee genoegen.

'Je bent echt fantastisch', loofde ze hem. 'Zonder jou zou dat gespuis nu vijftig procent bezitten.' Ze mocht er niet aan denken. 'Nu is het tenminste duidelijk wie het hier voor het zeggen heeft. Als wij twee elkaar steunen, jagen we die bende hier binnenkort het hotel uit.'

'Wij zijn niet te verslaan als team', vond Götz en keek haar gespeeld verliefd aan. 'Alles waaraan wij samen beginnen, brengen we tot een goed einde.' Cosima was het helemaal met hem eens. Het enige wat haar ernstige kopzorgen baarde, was haar zoon.

'Wat gebeurt er als hij Rosalie ervan blijft overtuigen dat ik haar heb proberen te vermoorden?' Götz haalde achteloos zijn schouders op. Lukas had geen bewijzen.

'Het is jouw taak Rosalie weer aan onze kant te krijgen', zei hij haar. 'Ze moet je weer voor honderd procent vertrouwen.'

'Heb je haar niet aanbevolen toch nog te tekenen?' Sandra ergerde zich toen ze van Lukas hoorde dat Werner zijn aandelen nog niet terug had.

'Waarom zou ik dat doen?' vroeg Lukas en hij stelde Sandra's verwijtende toon niet op prijs.

'Omdat mijn vader bij uitzondering gelijk heeft', zei ze boos. 'Je had hem moeten steunen.'

'Alsof jouw vader al niet vaker een of andere list heeft gebruikt', snoof hij. Hij was er nog altijd niet zeker van dat Werners verhaal wel klopte. 'Misschien heeft hij alles verzonnen!'

'Wil je daarmee zeggen dat mijn vader een leugenaar is?' Sandra werd nu echt boos. Het kon haar niets schelen dat Lukas en zij in het park stonden en iedereen hun ruzie kon volgen. Ook Rosalie en Nils, want de fitnesstrainer deed net wandeloefeningen met zijn patiënte.

'Het gaat er weer net als vroeger aan toe', stelde Nils met een geamuseerde blik op het ruziënde stel vast.

'Wat bedoelt u?' wilde Rosalie nieuwsgierig weten.

'Ze hebben al eerder een relatie gehad', vertelde hij. 'Voor meneer Zastrow met u huwde. Toen hadden ze ook voortdurend ruzie.' Hij schudde zijn hoofd met een fijn glimlachje. 'Ze zijn samen, hebben ruzie, gaan weer uit elkaar... En zo gaat het maar door.' Toen richtte hij zich weer op de oefening en zei tegen Rosalie dat ze voort moest lopen. Ze zette zich nadenkend weer in beweging. Toen Nils en zij buiten gehoorsafstand waren, legden Sandra en Lukas het weer bij.

'Dit hebben we al eens meegemaakt', zei Sandra namelijk. Lukas zweeg abrupt en toen begonnen ze allebei te grijnzen.

'We zouden toch geen ruzie meer maken over onze familie?' bracht hij in herinnering. Sandra knikte beschaamd en verontschuldigde zich. 'Het spijt mij ook', zei hij. Toen vielen ze elkaar lachend in de armen.

Lukas en zij, ze hadden uit hun fouten geleerd. Sandra voelde zich opperbest toen ze later in de serre aan het werk was. Ze steunden elkaar door dik en dun. Ze zouden deze toestand met Rosalie ook nog wel te boven komen...

Ben was nog altijd van streek. Dat zijn moeder de strategie van haar advocaat zomaar had gekelderd, maakte hem bang. Wat als ze met haar uitspraken zichzelf de das omdeed en voor lange tijd de gevangenis in moest? Hij was zo bezorgd dat Götz voor hem een bezoek in de ziekenboeg had geregeld. En Barbara deed er alles aan om haar zoon gerust te stellen. Ze kon echter niet met hem over het proces praten, want er was altijd een cipier aanwezig die dat verbood.

Toen Ben in het Fürstenhof aankwam, liep hij meteen Werner Saalfeld tegen het lijf. Werner had zijn hulp nodig. Rosalie had de schenkingsovereenkomst namelijk nog altijd niet ondertekend.

'Ik zal die vrouw voor het gerecht moeten dagen', stelde Werner ontstemd vast. 'Maar daarbij heb ik uw steun nodig. U moet getuigen dat u dat geld hebt verstopt. En dat die Engel het dan heeft gestolen en de aandelen van het Fürstenhof ermee heeft gekocht.' Ben was het er in principe mee eens meneer Saalfeld te helpen. Het hele zaakje stonk in elk geval en Ben was nooit een fan geweest van Rosalie. Hij wilde wel eerst weten welk voordeel dat hem zou opleveren.

'Ik kom net van mijn moeder', vertelde hij. 'U kunt wel raden dat het niet zo goed met haar gaat.' Werner keek hem achterdochtig aan. 'Als ze nog lang in de gevangenis moet blijven...' Hij zweeg. Werner kon al vermoeden wat hij wilde en werd boos.

'U denkt toch niet dat ik u zal helpen om Barbara uit de gevangenis te halen! Vergeet het maar!' riep hij boos. 'Die vrouw is schuldig en moet eindelijk haar verdiende straf krijgen!' Hij vergat zijn eigen verzoek en liet Ben alleen achter. Die keek Werner geschrokken en ontnuchterd na. Zo veel haat tegen zijn moeder...

Wanhopig sprak hij dan maar André Konopka aan en hij vroeg hem in het voordeel van Barbara te getuigen.

'U kent haar toch nog als Sylvia', zei Ben. 'Toen was ze zachtmoedig en hulpvaardig. Dat is haar ware aard! Zo is ze echt!' Maar André schudde zijn hoofd.

'Ik begrijp dat u uw moeder wilt helpen en gelooft dat ze ook haar goede kanten heeft', zei hij. 'Maar u moet de waarheid onder ogen zien. Barbara is geen slachtoffer, ze was en is een misdadigster.' Hij gaf Ben een vriendschappelijk schouderklopje. 'Ik weet dat het u kwetst, maar uw moeder wordt terecht veroordeeld.'

'Dat zegt u alleen maar omdat u haar niet echt kent', zei Ben boos.

'Morgen, als Barbara haar verhaal heeft gedaan voor de rechter, zult u inzien dat ik gelijk heb.' Het nieuws dat Barbara had aangekondigd dat ze alles zou vertellen, was als een lopend vuurtje door het Fürstenhof gegaan. 'Ze is een monster.'

'Nee!' Bens stem sloeg over. 'Dat is ze niet! Mijn moeder heeft het niet gedaan, ze is geen moordenares!' Hij rende de keuken uit. En André keek hem vol medelijden na.

Toen Eva die avond bij de Sonnbichlers kwam, zaten Alfons en Hildegard haar aan tafel op te wachten. Hildegard bekende dat ze Eva's boek had doorbladerd en daarbij een foto van Alfons had ontdekt.

'Hoe komt u aan die foto?' Eva keek hen geschrokken aan. 'Hebt u in onze spullen gesnuffeld?' Eva reageerde verontwaardigd. 'Hoe komt u er dan aan? Mijn man heeft hem u niet gegeven!' Ze keek naar Alfons, die bevestigend knikte.

'Ik weet trouwens nog altijd niet over welke foto het gaat', zei hij op verzoenende toon. 'Mag ik de foto zien?' Eva haalde de foto zwijgend uit haar tas. Ze legde de foto op tafel en liep toen weg.

'Er klopt iets niet met dat meisje', stelde Hildegard vast. 'Ze gedraagt zich zo vreemd...' Alfons bekeek de foto hoofdschuddend. Hij had deze foto nooit eerder gezien.

De volgende ochtend zaten Rosalie en Lukas samen te ontbijten. Rosalie twijfelde nog altijd over de hotelaandelen, ze wist niet wat ze ermee moest.

'Laat je in geen geval onder druk zetten', raadde Lukas haar alleen maar aan. 'Niet door Werner Saalfeld en ook niet door mijn moeder.'

'Dat is gemakkelijker gezegd dan gedaan.' Ze zuchtte. 'Wat moet ik toch doen?'

'Luister naar jezelf', antwoordde hij. 'Wat zegt je hart? Volg je hart.'

'Denk je dat ik een hart heb?' Ze hield haar hoofd scheef en keek hem zielig aan. Hij lachte.

'Natuurlijk! Iedereen heeft toch een hart. Waarom zou jij er geen hebben?' Wat hij gisteren had gezegd, had haar diep geraakt.

'Jij vindt me dus geen gevoelloos mens en denkt dat ik ook mijn goede kanten heb?' Lukas wilde zo snel mogelijk een einde aan dit gesprek maken. Hij deed alsof hij zich plotseling een afspraak herinnerde en ging ervandoor. Rosalie keek dromerig voor zich uit. 'Hebt u dat gehoord?' vroeg ze haar verpleegster. 'Hij voelt nog wat voor me. Misschien niet veel, maar ik voelde het duidelijk.' Nu was het aan haar om ervoor te zorgen dat het kleine waakvlammetje weer opflakkerde tot een laaiend vuur...

Even later besloot ze Werner Saalfeld naar haar woning te laten komen.

'U bent dit hier gisteren vergeten. De schenkingsovereenkomst...' Met een stralende glimlach overhandigde ze de verblufte Werner het document. 'Ik heb het ondertekend.' Hij staarde haar sprakeloos aan. Hierop had hij niet durven hopen. 'Ik geloof ondertussen dat u gelijk hebt', zei ze. 'Hoe kon ik me anders dat voorval met Ben herinneren?' Hij knikte zwijgend. Ze had wel nog een clausule toegevoegd aan de overeenkomst en die moest de notaris eerst nog bekrachtigen. 'De voorwaarde is dat u en uw ex-vrouw mij opnieuw als manager aannemen als ik weer gezond ben. Ik heb tenslotte een inkomen nodig. Ik kan helaas niet leven van de liefde alleen.'

'U bent toch niet ontslagen!' Het drong stilaan tot Werner door wat dit betekende. Hij zou opnieuw twintig procent van de aandelen van het Fürstenhof bezitten. Charlotte en hij zouden dan samen vijftig procent bezitten. 'Mevrouw Zastrow, dat u vrijwillig afstand doet van de aandelen... Alle respect. U verdient echt mijn grootste respect.'

'Ik hoop dat anderen er ook zo over denken', antwoordde Rosalie en ze dacht daarbij vooral aan Lukas.

'Ik vrees dat uw schoonmoeder het niet zo leuk zal vinden.' Werner grijnsde. Cosima zou razend zijn.

'Daar kan ik mee leven', zei Rosalie. 'Het belangrijkste is dat men mij niet langer als een zelfzuchtig en berekend mens beschouwt...'

'Je kunt nooit geloven wat er net is gebeurd!' Werner had zijn ex-vrouw willen optillen en rondzwieren. Natuurlijk was ook Charlotte bijzonder blij met het nieuws dat Rosalie haar aandelen aan Werner schonk.

'Ik kan het niet geloven!' zei ze. 'Hoe heb je haar zover gekregen?'

'Het was haar eigen beslissing, ik heb niets meer hoeven te doen', antwoordde Werner en hij bestelde een fles champagne. 'Kun je dat geloven? Amper een week geleden hadden we allebei bijna niets...'

Ondanks haar grote vreugde over deze nieuwe ontwikkelingen nam Charlotte slechts een klein slokje champagne. Ze moest zich nog omkleden, want ze wilde opnieuw naar München rijden voor het proces tegen Barbara. Nog een reden voor Werner om te vieren. Ze bezaten opnieuw vijftig procent van het Fürstenhof en Barbara zou levenslang achter de tralies vliegen. Alles kwam goed.

Barbara werd door Götz opgehaald aan de ziekenboeg. Ze had zich zorgvuldig opgemaakt en zag er geweldig uit. Hij gaf haar een kus ter begroeting en vroeg haar dan die make-up meteen te verwijderen.

'Als jij wilt dat je geloofwaardig overkomt op de rechter, zou je er wat bescheidener moeten uitzien', maande hij haar aan. Natuurlijk keek Barbara er niet bepaald naar uit te verschijnen als Assepoester. Maar ze nam zijn raad ter harte. Tenslotte was hij de ervaren advocaat. 'Toch...' begon ze nog, 'als ze horen wat ik te vertellen heb, kijkt niemand meer naar mijn oogschaduw, wedden?'

Ten huize van de Sonnbichlers was de sfeer allesbehalve gezellig. Hildegard kon niet geloven dat Alfons de foto die ze bij Eva Krendlinger had gevonden, nog nooit had gezien. En hun jonge huurster wilde er niets over vertellen.

'Waarom doen jullie zo geheimzinnig over die foto?!' vroeg Hildegard boos. 'Er klopt iets niet.'

'Maak alstublieft geen ruzie.' Eva kwam haar kamer uit. 'Niet door mij. Dat wil ik niet.'

'We zouden geen ruzie maken als u ons eindelijk de waarheid over die foto zou vertellen', antwoordde Hildegard boos.

'Ik zou hier heel graag blijven wonen...' Eva zag er ellendig uit. 'Maar in deze omstandigheden... Ik denk dat ik maar beter vertrek.' Ze wachtte niet op een antwoord, maar draaide zich om en liep terug haar kamer in. Daar begon ze haar koffers te pakken.

'Moest dat nu echt?' Alfons ergerde zich duidelijk.

'Ik mag haar ook graag', gaf zijn vrouw berouwvol toe. 'Maar waarom doet ze zo geheimzinnig over die foto?'

'Ik zal nog een keer proberen met haar te praten', besloot hij. 'In alle rust.'

'Veel succes.' Hildegard nam haar jas. Ze moest dringend weg, ze moest aan het werk.

'U meent het dus?' Alfons was Eva's kamer binnengegaan. Ze stopte net een trui in haar koffer.

'Het is beter zo...' zuchtte ze droevig.

'Neem het mijn vrouw niet kwalijk', zei hij. 'Soms bijt ze zich in iets vast. Ze wil alleen maar weten waar die foto vandaan komt.' Dat moest Eva toch begrijpen.

'Dat begrijp ik, natuurlijk, meneer Sonnbichler. Ik wil jullie ook niets misdoen...' Maar het was niet gemakkelijk de waarheid te vertellen. Hij liet zich echter niet afschepen. En uiteindelijk riep Eva uit: 'Ik ben uw dochter!' Alfons keek haar sprakeloos aan. 'Het staat in het dagboek van mijn moeder. En deze foto stak erbij.' Ze wilde hem het dagboek tonen, maar hij maakte een afwerend gebaar.

'Wat er ook in staat... Ik ben uw vader zeker niet.' Hij kon ook niet verklaren waarom haar moeder dat had geschreven. En Eva was er zeker van dat haar moeder niet zou liegen in haar geheime dagboek. Waarom zou ze ook?

'Eva Krendlinger denkt dat ik haar vader ben.' Hildegard sloeg steil achterover toen ze dat hoorde.

'Dit wordt steeds beter!' riep ze uit. Ze herinnerde zich heel goed hoe groot de schok was toen ze hoorde dat haar man een zoon had met Charlotte Saalfeld.

'Maar het is niet waar!' zei hij snel.

'Waarom beweert ze het dan?' Hij vertelde zijn vrouw over het dagboek en de foto. Ze keek hem streng aan. 'Ik weet toch dat ik geen verhouding met die vrouw heb gehad', ging hij voort. 'Juffrouw Krendlinger is negenentwintig jaar. Toen zij werd verwekt, waren wij al lang getrouwd!' Ze wisten allebei hoe gelukkig ze toen waren geweest. Marie was geboren, de dochter op wie ze zich zo lang hadden verheugd. 'Ik heb je nooit bedrogen, Hildegard', verzekerde Alfons haar. 'Toen niet en later ook niet. Ik zweer het bij alles wat me heilig is.' Ze geloofde hem. Maar hoe kwam Eva dan op deze onzin?

5

'Ik heb de aandelen aan Werner Saalfeld geschonken!' deelde Rosalie euforisch mee aan Lukas. Hij schrok duidelijk.

'Dat had ik niet van je verwacht', gaf hij toe. 'Zomaar?' Ze vertelde hem over de clausule waarin stond dat ze als manager zou mogen blijven. Hij keek haar een moment lang aan. 'Dit zou je vroeger nooit hebben gedaan', stelde hij toen vast.

'Zie je!' Ze straalde. 'Ik ben veranderd!'

'Dit was echt heel lief van je.' Zijn lovende woorden klonken haar als muziek in de oren.

'Ik ben zo gelukkig dat je dat vindt!' Ze was blij dat ze het een beetje beter met elkaar konden vinden. Maar toen ze zijn hand nam en hem wilde kussen, trok Lukas die snel en geïrriteerd terug.

'Rosalie, ik ben onder de indruk van wat je hebt gedaan... Maar het verandert niets aan mijn gevoelens voor jou. Ik hou van Sandra en dat zal zo blijven.' Rosalie stond in één klap weer met beide voeten op de grond.

De zitting was geopend en Barbara bleef erbij dat ze een uitgebreide verklaring wilde afleggen. Ben Sponheim en Charlotte zaten allebei in de rechtszaal, ver van elkaar. Ben zag er ellendig uit. Hij had alle hoop verloren dat zijn moeder ooit de gevangenis zou verlaten. Charlotte had medelijden met hem. Het moest vreselijk voor hem zijn. Maar Barbara von Heidenberg verdiende nu eenmaal de zwaarste straf.

'Ik ben met mijn toenmalige echtgenoot, Werner Saalfeld, mijn stiefdochter Miriam en haar latere man Robert naar het kruis op de top van de Sprießlerberg gewandeld', begon Barbara en het werd doodstil in de zaal.

'Wat is daar precies gebeurd?' vroeg de rechter.

'Het duurde lang voor ik me alles kon herinneren', beweerde Barbara. 'Alle details. Maar nu weet ik het weer heel precies.' Ze liet opzettelijk een lange stilte volgen. 'Ik vrees dat wat ik nu ga vertellen, heel ongeloofwaardig zal lijken', ging ze dan voort. 'Maar ik zweer dat het zo is gegaan. Ik ben nooit van plan geweest iemand te vermoorden. Integendeel!' De aanwezigen in de zaal hielden hun adem in. Wat zou nu volgen? Charlottes hart begon sneller te slaan. 'Mijn gezin, Werner, Miriam en Robert...' Barbara deed alsof ze moeite had voort te gaan. 'Ze hebben geprobeerd mij te vermoorden! Zij zijn de daders! Zij horen in de beklaagdenbank te zitten, niet ik!' Charlotte kon haar oren niet geloven. Götz Zastrow daarentegen leek heel tevreden over de voorstelling die zijn cliënte gaf.

'U verdraait de feiten', onderbrak de openbare aanklager Georg Rosenberg haar, maar Felicitas Strehle legde hem het zwijgen op.

'U krijgt later de kans uw bezwaren te uiten.' Toen richtte de rechter zich tot de beklaagde. 'Mevrouw Von Heidenberg, u hebt dit bij geen enkel eerder verhoor ooit verteld.'

'Mijn cliënte leed na de moordpoging aan geheugenverlies', legde Götz Zastrow uit. 'Ze herinnerde zich niets over vroeger. Zoals eerder al vermeld, is dat ook gebleken uit medisch onderzoek.'

'Dat bewijst niet dat deze afschuwelijke bewering waar is!' zei de openbare aanklager boos. 'Ik vraag daarom dat de beklaagde hierover meer uitleg geeft.' De rechter knikte en keek op haar horloge. Het was tijd voor een middagpauze.

Werner wachtte thuis op nieuws van Charlotte, maar kreeg in de plaats daarvan Astrid aan de lijn. Hij had geen zin haar te spreken.

'Ik wilde je bezoeken', zei Sandra's moeder. 'Maar is dat wel een goed idee?'

'Ik zal jou wel bellen als het past, is dat goed? Tot later.' Hij wilde de lijn vrijhouden voor nieuws van Charlotte en verbrak de verbinding daarom meteen.

'Wie was dat?' vroeg Sandra, die hem gezelschap hield.

'Astrid.'

'Je was nogal kortaf.' In haar stem klonk een verwijt.

'Ik heb wel wat anders aan mijn hoofd', bromde hij.

'Dat is nog geen reden om zo'n lieve vrouw zo onbehouwen te behandelen', vond ze. Hij gaf haar gelijk en beloofde het weer goed te maken. 'Alle problemen van de afgelopen tijd wegen zwaar op je, is het niet?' Hij knikte, maar glimlachte toen alweer.

'Gelukkig is er af en toe ook goed nieuws.' Hij vertelde zijn dochter dat Rosalie de schenkingsovereenkomst had ondertekend. Zomaar.

Rosalie bracht haar schoonmoeder een bezoekje. Cosima deed alsof ze blij was.

'Fijn dat je er bent.' Ze keek Rosalie gespeeld bewonderend aan toen ze met haar krukken de kamer in kwam. 'Je kunt al goed lopen.'

'Beter dan me alles herinneren', zuchtte Rosalie en gaf haar lijfwacht de opdracht zich een beetje op de achtergrond te houden. 'Je zei me dat ik altijd bij je terechtkon als ik raad of hulp nodig had.'

'Natuurlijk', vleide Cosima. 'Altijd! Wat is er aan de hand?'

'Het is voorbij. Lukas en ik zullen nooit meer een paar vormen.' Rosalie zag er heel ongelukkig uit. 'Ik dacht dat we nog een kans maakten. Ik heb alles gedaan om hem terug voor me te winnen...'

'Wat bedoel je met "alles"?' vroeg Cosima wantrouwig.

'Ik wilde hem tonen dat ik een goed mens ben', legde Rosalie uit. 'Dat geld niet belangrijk voor me is. Dus ik dacht dat als ik mijn aandelen aan Werner Saalfeld zou geven...' Meer kon ze niet zeggen.

'Wat heb je?!' Cosima verloor haar beheersing. 'Zeg dat het niet waar is!' Het duurde even voor ze zichzelf weer in de hand had. Rosalie keek haar verward aan. 'Ik had je toch duidelijk gemaakt dat die Saalfeld alleen maar van je zou profiteren?'

'Maar hij had blijkbaar wel gelijk, ik heb mijn aandelen inderdaad met gestolen geld gekocht. Dat is moreel toch niet verantwoord?' Cosima snoof minachtend. Moreel niet verantwoord! Dat Rosalie zoiets durfde te zeggen! Maar dat maakte haar niets uit. Rosalie interesseerde zich alleen in Lukas. 'Ik dacht dat als hij inziet dat ik zijn liefde belangrijker vind dan geld...'

'Zo naïef was je vroeger niet.' Cosima keek haar schoondochter minachtend aan.

'Ik wil dat Lukas bij me terugkomt. Help me dan toch! Alsjeblieft!' Rosalie smeekte het, maar Cosima liet zich niet vermurwen.

'Wat kan ik daaraan doen?' Vervolgens beweerde Lukas' moeder dat ze aan het werk moest en ze stuurde Rosalie weg. Totaal van streek strompelde Rosalie naar buiten.

Toen de middagpauze bijna voorbij was, belde Charlotte Werner eindelijk. Ze had Barbara's beschuldigingen eerst moeten laten bezinken.

'Von Heidenberg beweert dat jullie drie samenspanden tegen haar en haar wilden vermoorden.' Aan de andere kant van de lijn hoorde ze Werner duidelijk naar adem happen.

'Dat gelooft toch geen mens!' zei hij dan.

'Ik weet het niet...' Charlotte had er een slecht gevoel bij. Ze nam afscheid van haar ex-man en nam opnieuw plaats in de rechtszaal. Daar zag ze Astrid zitten. Sandra's moeder zag er stralend uit. Ze had niet alleen een nieuw kapsel, ze leek een totaal ander mens.

'Je vraagt je zeker af wat ik hier doe', zei Astrid verlegen. 'Ik heb met Werner gebeld en merkte dat hij in gedachten bij de rechtszaak is.' Charlotte knikte. Het proces woog zwaar op hem, dat wist ze. 'Ik dacht, als hij er zo mee begaan is, gaat het mij ook wat aan...' De twee vrouwen gingen naast elkaar zitten.

'Ik was gehuwd met Werner Saalfeld. We waren gelukkig, dat dacht ik toch. Maar onze relatie werd van alle kanten tegengewerkt.' Barbara smukte haar versie van de feiten met sappige details op. Ze zag er ernstig en geconcentreerd uit. Af en toe wierp ze een blik op haar zoon, die aan haar lippen hing. 'Vooral Werners zoon Robert haatte me vanuit de grond van zijn hart. Hij zette mijn stiefdochter tegen me op en probeerde ook andere mensen aan zijn kant te krijgen.'

Charlotte kon de leugens amper verdragen. Maar er zat niets anders op. 'Natuurlijk wierp dat een schaduw op mijn huwelijk met Werner', ging Barbara voort. 'Daarom vroeg ik hem om een gesprek op neutraal terrein.'

'De bewuste berg', onderbrak de rechter haar. Barbara knikte langzaam.

'In plaats van naar me te luisteren, begon Werner me van alles te verwijten.' Barbara haalde diep adem en deed alsof het oprakelen van deze gebeurtenissen haar opnieuw angst inboezemde. 'Onze ruzie escaleerde en hij dreigde ermee me te vermoorden.' Charlotte luisterde hoofdschuddend naar de brutale leugens. Ben daarentegen keek zijn moeder de hele tijd medelevend aan.

'Waarom bedreigde hij u?' vroeg de rechter.

'Werner eiste een bekentenis van me', antwoordde Barbara. 'Hij werd beïnvloed door zijn zoon, die me ervan beschuldigde een moordenares te zijn.'

'Ging het dan over de moord op uw eerste man of over de moord op Lars Hoffmann?' onderbrak Georg Rosenberg haar onverwacht.

'Ik wist niet dat Lars Hoffmann vermoord werd?' Barbara deed alsof ze schrok. 'Ik dacht dat hij een natuurlijke dood is gestorven.'

'Weet u zeker dat u er niet meer over weet?' drong de openbare aanklager aan, maar hij werd door de rechter tot de orde geroepen. Götz Zastrow nam het woord.

'Mag ik u erop wijzen dat de eerste echtgenoot van mijn cliënte, Wolfgang von Heidenberg, bij een tragisch ongeval om het leven is gekomen?'

'Er deden in die tijd andere geruchten de ronde', bracht Rosenberg ertegenin.

'Die Robert Saalfeld en mijn stiefdochter Miriam de wereld hebben ingestuurd', beweerde Barbara nadat de rechter haar had opgedragen haar verhaal te vervolgen. 'Werner is een impulsief en temperamentvol man', ging ze voort. 'Dat was ook de reden waarom ik van hem hield. Maar toen hij die bekentenis van me wilde afdwingen, werd ik ineens bang voor hem.'

'U wilde niet toegeven dat u een moordenares bent!' barstte de openbare aanklager uit.

'Waarom zou ik? Ik ben onschuldig!' Barbara deed alsof ze wanhopig was en sloeg haar handen voor haar gezicht.

'Vertelt u rustig verder, mevrouw Von Heidenberg', zei rechter Strehle.

'Het kwam tot een gevecht en Werner kwam ongelukkig ten val. Hij had een hoofdwonde en verloor het bewustzijn. Ik wilde hem helpen. Maar toen ik over hem gebogen zat, kwam mijn stiefdochter Miriam eraan. Ze interpreteerde de situatie verkeerd, ze dacht dat ik Werner had neergeslagen. Ik stond op en liep naar Miriam. Ze zag het bloed van Werners hoofdwonde aan mijn handen en sloeg in paniek. Ze schreeuwde luidkeels en liep van me weg. Ze schoof daarbij uit, naast de afgrond. Ze kon zich nog net vasthouden aan een uitstekende rots.' In de zaal klonk gemompel en Felicitas Strehle maande aan tot stilte. Charlotte had het moeilijk op haar stoel te blijven zitten. Het liefst van al had ze Barbara von Heidenberg hoogstpersoonlijk de nek omgedraaid. Wat een stukje theater dat ze opvoerde! En Götz Zastrow zat instemmend te knikken.

'Ik wilde Miriam natuurlijk helpen', zei Barbara. 'Maar toen dook Robert Saalfeld op. Hij zag zijn bewusteloze vader en Miriam die bijna neerstortte. Hij dacht dat ik de oorzaak van dit alles was. Gelukkig kon hij Miriam redden. Ondertussen kwam Werner weer bij bewustzijn. Ik was zo opgelucht, ik dacht dat het ergste voorbij was, maar toen... Toen kwamen ze naar me toe en begonnen me uit te schelden voor moordenares. Ze duwden me naar de afgrond en... Ik maakte geen schijn van kans tegen hen drieën.'

Snikkend kromp Barbara in elkaar. Ze was stiekem heel tevreden over haar stukje toneel. Ze vond dat ze zich redelijk geloofwaardig had voorgesteld als het onschuldige slachtoffer. De zitting werd onderbroken en naar de volgende ochtend verdaagd.

Ben had opnieuw hoop gekregen. Misschien werd zijn moeder na deze verklaring toch nog vrijgesproken. Hij begreep alleen niet waarom ze hem nooit eerder had verteld wat er toen op de berg was gebeurd. Natuurlijk geloofde hij haar. En hij voelde nu diepe haat tegen Werner Saalfeld en zijn familie.

Charlotte vertelde haar ex-man even later hoe de zitting was verlopen. Ze geloofde niet dat Barbara met haar theater de rechter had overtuigd. En de openbare aanklager al helemaal niet.

Nadat Alfons en Hildegard het voorval met de foto even hadden laten bezinken, beseften ze plotseling hoe het werkelijk in elkaar zat. Op de foto stond niet Alfons, maar zijn halfbroer Gustl! Die twee leken op elkaar als een eeneiige tweeling. En de vader van Eva werd in het dagboek van haar moeder niet bij naam genoemd. Mevrouw Krendlinger had het alleen over haar 'hartendief' gehad toen ze over hem schreef.

Eva kon het eerst amper geloven. Maar toen besefte ze dat het inderdaad zo moest zijn. Ze kon zich niet voorstellen dat de Sonnbichlers tegen haar zouden liegen. Dus Alfons en Hildegard waren haar oom en tante. En natuurlijk zou ze bij hen blijven wonen. Ze moest dit nieuws eerst verwerken, maar vroeg de Sonnbichlers haar later alles over haar vader te vertellen. Voorlopig volstond het te weten dat Gustl al tweemaal in het Fürstenhof was geweest. En telkens plotseling weer was verdwenen. Niemand wist waar hij zich tegenwoordig bevond.

Astrid had aangekondigd de volgende dag naar het Fürstenhof te komen. Werner had er weinig zin in.

'Wat is er toch met je aan de hand?' vroeg André. 'Sinds wanneer heeft mijn grote broer geen zin in een ontmoeting met een mooie vrouw?'

'Ik ben op dit moment niet in de stemming voor liefdeshistories', bromde Werner. Maar hij kon Astrid ook niet aan het lijntje houden, dat zou Sandra hem kwalijk nemen, vreesde hij.

'Het wordt je duidelijk te veel', grijnsde zijn broer. 'Therapeuten hebben het natuurlijk niet voor niets over investeren in een relatie.'

'Bespaar me je psychologische tips', kreunde Werner en rolde met zijn ogen.

Toen Astrid binnenkwam, was hij toch onder de indruk van haar verschijning.

'Je ziet er anders uit', stelde hij bewonderend vast en bekeek haar van top tot teen.

'Ik had zin in wat anders', antwoordde ze een beetje ontwijkend. Toen hij haar een kus op de mond wilde geven, draaide ze haar hoofd, met een mislukte kus op de wang tot gevolg. Hij ergerde zich, maar liet niets merken. Hij nodigde haar uit voor het ontbijt.

Lukas en Michael hadden het alweer over Rosalie. Ze leek zich steeds meer vast te bijten in het idee dat Lukas bij haar hoorde en dat Sandra hem op een oneerlijke manier van haar had afgepakt. Ze had nog altijd hoop dat ze hem opnieuw voor zich kon winnen.

'Als haar geheugen terugkeert, zou ze weten dat jullie relatie al op de klippen was gelopen voor ze in coma viel', zei Michael. Hij kon Rosalie nog een keer hypnotiseren, maar het was niet zeker of het iets zou opleveren.

'Soms denk ik dat ze op een andere plek veel beter zou genezen dan hier in het Fürstenhof', zei Lukas. Michael keek hem verbaasd aan en begon na te denken. Misschien was dat geen slecht idee...

Sandra had met haar moeder afgesproken samen te lunchen. Werner had er ook bij moeten zijn, maar hij had een onverwachte zakelijke afspraak. Astrid liet niet merken dat ze stiekem blij was dat hij er niet was. Haar dochter keek haar dan ook medelevend aan.

'Jullie zien elkaar de laatste tijd amper nog', zei Sandra een beetje bezorgd. Het kon volgens haar niet eenvoudig zijn een relatie te hebben als je elkaar zo weinig zag. 'Ik zou de hele tijd naar Lukas verlangen. Is dat dan niet het geval bij jou en Werner?'

'We zijn niet meer van de jongsten...' zei Astrid ontwijkend. Toen rinkelde haar mobieltje. Ze stond op om ongestoord te kunnen telefoneren.

'Dat was blijkbaar een aangenaam telefoontje', stelde Sandra vast toen haar moeder weer aan tafel kwam. 'Je straalt gewoon.' Astrid antwoordde niet.

Werner sloot later bij hen aan voor een kop koffie. Hij verontschuldigde zich voor de afgelopen weken. Hij had niet veel tijd voor haar gehad. Eerst de strijd om de aandelen en nu het proces tegen Barbara...

'Je hoeft je niet te verontschuldigen', zei Astrid.

'Ik wil het toch', antwoordde hij. 'Ik heb Sandra en jou verwaarloosd en ik beloof dat ik daarin verbetering zal brengen.' Hij glimlachte naar haar en ze kon amper verbergen dat ze zich niet goed in haar vel voelde. 'Wat zullen we de rest van de dag doen?' vroeg Werner. 'Jij mag kiezen.'

'Dat is fijn, maar...' Ze zocht koortsachtig een uitvlucht. 'Ik heb een wellnessafspraak. Ik kon niet weten dat jij plotseling tijd had.'

'Dan eten we vanavond samen', stelde hij voor. 'In alle rust.' Hij vond het vreemd dat Astrid zo afstandelijk deed.

'Wat zit jij hier te doen?' Werner kwam zijn woning binnen en trof Charlotte starend in de verte aan.

'Wat moet ik doen?' zuchtte ze. 'Ik heb geen werk nu Cosima directrice is geworden. En alles op zich neemt.' Hij lachte. 'Lach maar, ik weet niet wat ik hier nog kan doen.' De angst sloeg Werner om het hart. Ze wilde toch niet naar Afrika vertrekken? Ze schudde haar hoofd.

'We hebben je hier nodig!' drong hij aan. 'Het Fürstenhof is je thuis. En je bezit nog altijd dertig procent.'

'Het is al goed.' Maar Charlotte had niets te doen. Ze wilde ook helemaal niet weg. 'Als ik iets heb geleerd de afgelopen weken, is het wel hoe na het hotel me aan het hart ligt. Bovendien blijf ik zeker hier tot het proces voorbij is.'

'We vinden wel een taak voor je', verzekerde hij haar. Ze glimlachten naar elkaar. Toen vroeg Charlotte hoe het tussen hem en Astrid ging. 'Ze is een beetje afstandelijk', gaf hij toe.

'Vind je dat vreemd?' Hij had Sandra's moeder de laatste tijd niet veel aandacht geschonken.

'Ik moet het dringend goedmaken', nam hij zich voor.

'Wil je dat wel?' vroeg Charlotte. 'Nog niet zo lang geleden wilde je mij kussen.'

'Astrid betekent heel veel voor me', stelde hij een beetje te nadrukkelijk vast. 'Dat weet ze en...' Hij zweeg.

'En jij weet het ook?' Werner knikte. 'Dan is het goed. Je bent te oud om haar, of jezelf, nog wat wijs te maken. Als het niet zo was, zou Astrid het al wel hebben gemerkt. Vrouwen merken het meteen dat hun relatie niet langer goed is.' Werner keek haar schuldig aan, maar Charlotte ging er niet dieper op in.

6

Toen Rosalie dokter Niederbühl opzocht in zijn praktijk, stelde hij haar voor een tijdje door te brengen in een revalidatiecentrum.

'Ik heb al geïnformeerd en eventueel een plekje voor u gevonden.' Hij stak haar een papier toe. 'Een heel mooi gelegen centrum', zei hij. 'Daar kunt u in alle rust uw lichamelijke fitheid verbeteren zonder de psychische belasting waaronder u hier voortdurend lijdt. En wie weet keert dan ook uw geheugen terug.'

Hij had niet door dat ze hem al de hele tijd ontzet zat aan te staren.

'Willen jullie misschien dat ik hier verdwijn? En jullie hebben alles al tot in de puntjes geregeld?!' riep ze boos uit. 'Is dit Sandra's idee? Wil ze me kwijt, zodat ze zonder schuldgevoelens met Lukas kan flirten? Aan zulke spelletjes doe ik niet mee!'

'Maar u hebt het er toch moeilijk mee die twee samen te zien?' wierp Michael op.

'Nou en? Ik geef het niet zomaar op!' De strijd om Lukas had Rosalie nog lang niet opgegeven. Zo gemakkelijk liet ze de liefde van haar leven niet los.

'U moet aanvaarden dat Lukas en Sandra nu een relatie hebben', drong Michael aan.

'Dat weiger ik te aanvaarden, net zoals die stomme krukken hier.' Ze stond moeizaam op en strompelde met haar krukken weg.

De haat tegen Sandra groeide en groeide. Rosalie was er ondertussen van overtuigd dat als Sandra er niet was, niets haar geluk met Lukas in de weg zou staan. Ze was in haar woning en hoorde door het openstaande raam de stem van haar rivale. Sandra stond onder het balkon en besprak met een van de tuinmannen de aanleg van de bloemperken. Rosalie liep ongemerkt het balkon op. Daar stond een zware bloempot. Verblind van woede tilde Rosalie de pot op en wilde hem over de balustrade naar beneden werpen. Om hem op Sandra te gooien.

Op het allerlaatste nippertje hield ze zich in. Sandra hoorde iets en keek omhoog. Ontzet stelde ze vast dat ze ternauwernood aan een moordaanslag was ontkomen. Rosalie had haar willen doden! Sandra begon over haar hele lichaam te trillen.

Buiten zinnen stormde ze Rosalies woning in.

'Wilde jij me doden?' Rosalie wierp haar een van haat vervulde blik toe.

'Ik zou het heel graag hebben gedaan', zei ze dan onomwonden.

'Haat je me dan zo erg?' Sandra's stem klonk hees.

'Wat verwacht je dan van me?' De tranen sprongen Rosalie in de ogen. 'Door jou wil Lukas me in een tehuis stoppen.'

'Wat?' Sandra wist van niets.

'In een revalidatiecentrum. Dokter Niederbühl vertelde me het daarstraks.' Rosalie werd steeds hysterischer. 'Opdat jullie hier lekker met zijn tweetjes zouden kunnen genieten, word ik aan de kant geschoven. Ver weg. Liefst...'

'Ik weet hiervan helemaal niets!' onderbrak Sandra haar. 'Ik heb het hierover nooit met Lukas gehad.' Rosalie keek haar even wantrouwig aan, maar besefte dan dat Sandra de waarheid sprak.

'Ik wist het even niet meer', verdedigde ze zich hulpeloos.

'Dat is toch nog geen reden om me te willen vermoorden!' riep Sandra boos. 'Ik kan er niets aan doen dat Lukas niet van je houdt. Denk je echt dat daarin verandering zal komen als je mij uit de weg ruimt?'

'Zul je het hem vertellen?' vroeg Rosalie bang.

'Ik kan dit toch niet zomaar vergeten!' antwoordde Sandra. 'Ik kan niet doen alsof er niets is gebeurd.'

'Ach, het maakt niets meer uit', zuchtte Rosalie. 'Vertel het hem maar. Het zal geen verschil maken... Hij haat me toch. Wat maakt het nog uit?' Ze draaide zich om en liep op haar krukken naar de slaapkamer. 'Lukas houdt toch niet meer van me', mompelde ze zachtjes.

Zou Rosalie echt in staat zijn geweest de bloempot naar beneden te gooien? Alleen al bij het idee liepen de koude rillingen Sandra over de rug. Ze begreep Rosalie niet. Ze had toch echt geprobeerd eerlijk te zijn. Ze had er niet eens iets op tegen gehad dat Rosalie weer bij Lukas introk. En zij? Hoewel Sandra wist dat Rosalie een echte feeks kon zijn, kon ze niet geloven dat ze een moordenares was. Waarschijnlijk was ze wanhopig geweest. Ze had hun hulp nodig...

Götz had Cosima natuurlijk uiterst zelfingenomen verteld over zijn succes op het proces de vorige dag. Hij was er ondertussen zelf heel zeker van dat de nieuwe strategie zou werken.

'Er gaat niets boven de getuigen voor te stellen als daders', grijnsde hij.

'Het belangrijkste is dat de Saalfelds op hun bek gaan', vond zijn vrouw. 'Is ze eigenlijk schuldig, die Barbara von Heidenberg?'

'Haar verklaring was heel overtuigend', antwoordde hij ontwijkend en veranderde snel van onderwerp. 'Trouwens, hoe zit het met de vriendschap tussen jou en Rosalie?' Cosima voelde zich plotseling niet op haar gemak. Ze had hem namelijk nog niet opgebiecht wat er was gebeurd. Ze kon er niet langer onderuit. Götz werd razend toen hij hoorde dat Rosalie haar aandelen aan Werner Saalfeld had geschonken. 'Dat had je moeten voorkomen!'

'Voor zo'n goede advocaat als jij mag het toch geen probleem zijn die schenking ongedaan te maken', zei ze koppig. 'Misschien kun je beweren dat Werner Saalfeld Rosalie een valse herinnering heeft opgedrongen? Je verzint wel wat...'

'Ik heb nu wat anders aan mijn hoofd', bromde hij en liet haar alleen.

Hij wilde Barbara zien. Ze hadden de cipiers omgekocht, zodat hij en Barbara alleen mochten zijn in de ziekenboeg. Daarvan maakten ze dan ook gebruik. Ze vierden niet alleen hun overwinning, ze vielen elkaar ook ongestoord in de armen. Götz had het gevoel dat hij eindelijk een gelijkwaardige partner had gevonden...

'Klopt het dat je van Rosalie verlost wilt raken en haar wilt laten opnemen in een revalidatiecentrum?' Sandra was al een beetje gekalmeerd en wilde de zaak nog een keer met Lukas bespreken.

'Verlost van haar raken?' protesteerde hij meteen. 'Ik heb het erover gehad met Michael. En hij is van mening dat het haar goed zou doen. Het zou trouwens voor alle betrokkenen goed zijn als we elkaar niet voortdurend voor de voeten lopen.'

'Voor ons zou dat inderdaad beter zijn, maar voor Rosalie?' wierp Sandra op.

'Ik wist niet dat je een fan van haar was?' zei hij grappend.

'Dat zal ik ook nooit zijn, maar...' Sandra vond het gewoon hun plicht voor Rosalie te zorgen.

'Dat doen we toch', antwoordde hij. 'Van 's ochtends tot 's avonds, elke dag opnieuw.'

'Zo bedoel ik het niet. Ik bedoel als vrienden.' Lukas' gezicht vertrok.

'En dan? Dan denkt ze weer dat zij en ik... Nee, dank je.' Sandra sprak hem kordaat tegen, Rosalie zou niet langer denken dat zij en Lukas ooit nog een paar zouden vormen.

'Ze heeft ingezien dat ze jou niet meer terugkrijgt.' Hij trok vragend zijn wenkbrauwen op. 'Laten we het proberen', vroeg ze. 'Een openhartig gesprek. Wij drieën.'

'Is er iets gebeurd tussen jullie?' Sandra slikte, maar schudde dan haar hoofd.

'Ik maak me alleen zorgen om haar', loog ze. 'En ik vind dat we het haar verschuldigd zijn. Op een of andere manier.'

Astrid en Werner hadden plaatsgenomen aan een tafeltje in het restaurant.

'Je ziet er echt betoverend uit', stelde Werner vast en hij wierp haar een charmante glimlach toe. Ze glimlachte enigszins moeizaam terug. 'Ik weet wat er aan de hand is', ging hij voort. 'We moeten eindelijk met elkaar praten.' Ze verstarde.

'Ja, inderdaad', zei ze toen. 'Ik wil je...' Maar hij liet haar niet uitpraten.

'Ik weet dat het allemaal heel vreemd voor je moet zijn. Eerst trekken Charlotte en ik in bij de Sonnbichlers...' Nu onderbrak zij hem.

'Hebben jullie wat met elkaar?' vroeg ze. Hij ontkende.

'Ik had je niet zo mogen verwaarlozen de afgelopen tijd', zei hij schuldbewust. 'Maar ik zal het met je goedmaken. De volgende dagen ben ik helemaal van jou.' Ze deed haar uiterste best te blijven glimlachen. 'Maar ik onderbrak je, wat wilde jij zeggen?'

'Tja, ik...' Er kwam een kelner naar hun tafel met een fles champagne. Astrid kreeg het niet over haar hart Werner de waarheid te vertellen, namelijk dat ze verliefd was op een andere man. Werner zelf twijfelde ook aan hun relatie. Toen Astrid kort naar buiten liep omdat ze een telefoontje kreeg, kwam André naar haar toe.

'Wat moet dat?' vroeg de chef-kok. 'Champagne? Om haar te zeggen dat je geen zin meer in een liefdeshistorie hebt?'

'Ze is Sandra's moeder', verdedigde Werner zich. 'Bovendien... Ze ziet er helemaal anders uit en haar nieuwe uiterlijk bevalt me wel.'

'Dat klinkt als ware liefde', stelde zijn broer droogjes vast en hij keerde terug naar de keuken.

Michael zat met Rosalie in de woonkamer. Ze speelden samen een spelletje dat haar geheugen moest prikkelen en ze deed het heel goed. Dokter Niederbühl was er zeker van dat de oefeningen wat zouden opleveren.

'Waarom moet ik dan naar een revalidatiecentrum?' vroeg ze snibbig.

'Lukas en ik...' Ze liet hem niet uitpraten.

'Jullie willen gewoon van me verlost zijn', stelde ze verbitterd vast.

'Dat is onzin!' sprak hij haar tegen. 'Niemand dwingt u ertoe.' Ze wilde hem een antwoord geven, maar toen kwamen Sandra en Lukas binnen.

'Kunnen wij Rosalie even spreken?' vroeg Lukas. Michael had er niets op tegen. Rosalie ging meteen in de verdediging. Ze dacht dat ze het over haar moordpoging tegen Sandra wilden hebben.

'Voor jullie me allerlei verwijten naar mijn hoofd slingeren, het was een soort kortsluiting en daardoor...' Sandra onderbrak haar.

'Niemand wil je iets verwijten', zei ze. 'We willen alleen met je bespreken hoe het nu verder moet. We moeten op een of andere manier met elkaar overweg kunnen.' Rosalie keek haar geërgerd aan. Nu nam Lukas het woord.

'Dat revalidatiecentrum... Michael en ik dachten dat het je misschien goed zou doen...'

'U hebt ons voorstel fout begrepen', mengde Michael zich in het gesprek.

'Als je dat niet wilt, hoef je helemaal niet naar een revalidatiecentrum', verzekerde Sandra haar. 'Niemand wil je hier aan de kant schuiven.'

'Maar je moet aanvaarden dat Sandra en ik een relatie hebben', ging Lukas voort. 'Daaraan zal niets veranderen.'

'Ja...' Rosalie keek geërgerd en verward.

'Dat betekent niet dat we je niet willen helpen je leven weer onder controle te krijgen.' Hij had al met Werner gesproken en die was het ermee eens dat Lukas Rosalie stap voor stap weer aan het werk mocht zetten.

'Meen je dat?' Ze begon te stralen.

'Als vriend', benadrukte hij. Rosalie keek Sandra aan.

'Daar zijn vrienden voor, toch?' zei Sandra.

'Ik zou niet langer twijfelen als ik u was', zei Michael. Rosalie nam het aanbod van Lukas en Sandra aan. Ze vond het wel vreemd dat Sandra haar vriend niet had verteld wat er was gebeurd.

Toen de twee vrouwen elkaar later toevallig nog ontmoetten, wilde Rosalie van Sandra weten waarom ze Lukas niets had verteld.

'Het was de kans om me af te kraken bij Lukas', voegde ze eraan toe.

'Wie zegt dat ik dat wil?' vroeg Sandra. Rosalie keek haar vragend aan. 'Ik vind dat iedereen een tweede kans verdient', legde Sandra uit. 'Ik hoop dat jij mij ook een tweede kans gunt.'

'Dan zal ik je maar bedanken...' Rosalie had het er niet gemakkelijk mee, zoveel was zeker.

Sandra vond het ook nogal verbazingwekkend dat Rosalie haar vriendschapsaanbod zo snel aanvaardde. Maar ze wilde haar werkelijk een tweede kans geven en ermee ophouden Rosalie altijd van het slechtste te verdenken. Misschien ging het van nu af aan wel goed. Misschien kwam nu eindelijk alles echt goed...

De volgende ochtend al nam Lukas Rosalie mee naar het kantoor om haar vertrouwd te maken met het werk van een manager. Rosalie kon zich amper voorstellen dat ze deze baan ooit had gedaan. Het overweldigde haar nog altijd. En ze had het er ook best moeilijk mee zo nauw samen te werken met Lukas. Ze wierp hem steeds weer heimelijke, verlangende blikken toe. Maar hij leek het niet eens te merken en concentreerde zich op het werk.

'Wil je echt weer aan de slag als manager?' vroeg Cosima toen ze Rosalie later op het terras van het hotel zag zitten met een stapel documenten voor zich.

'Waarom niet?'

'Ze kunnen ons in elk geval niet verwijten dat we mindervaliden geen kans geven', spotte Lukas' moeder. Rosalie slikte. 'Die oude Konopka is echt een sluwe vos.'

'Ik weet dat je er niet blij mee bent dat ik mijn aandelen heb weggeschonken, maar...' Cosima liet haar schoondochter niet uitspreken.

'Ik heb alleen medelijden met jou', beweerde ze. 'Want nu heb je niets meer in de melk te brokken.'

'Ik mag aan de slag blijven als manager, dat is contractueel zo vastgelegd', sprak Rosalie haar tegen.

'Ja, ja...' Cosima keek haar verveeld aan. 'Je kunt niet meer doen wat je kon en als je dan ook nog gehandicapt bent...'

'Je zult zien dat ik het kan', hield Rosalie dapper vol. 'Je kunt het in elk geval niet verhinderen.' Cosima trok minachtend haar lippen op. 'Lukas en ik maken trouwens goede vorderingen.'

'Ook op privévlak?' vroeg Lukas' moeder hatelijk. 'Want dat is het enige waar het je om gaat, toch?'

'Lukas en ik, we zijn vrienden.' Cosima liet een spottend lachje horen. 'En ik kan het ook goed vinden met Sandra', ging Rosalie dapper voort. 'We komen er samen wel uit.'

'Rosalie, Rosalie...' Cosima keek haar hoofdschuddend aan. 'Wat is er toch van je geworden? Ik herken je amper. Ben je echt zo naïef? Lukas en Sandra jouw vrienden?' Er lag een boosaardig lachje op haar lippen. 'Die twee willen alleen maar dat je je die zogenaamde aanslag herinnert. Zodra Lukas van alle verdenkingen is verlost, laten ze je vallen als een baksteen...'

7

Astrid had de avond ervoor gedaan alsof ze heel moe was om te vermijden dat ze de nacht had moeten doorbrengen met Werner. Hij nam het bij het ontbijt luchtig op.

'Na al die tijd in de stad maakt de plattelandslucht je vast moe', zei hij. 'Het zal de zuurstof zijn.' Er werd aan de deur geklopt en een hotelbediende kondigde Georg Rosenberg aan. Astrid verstarde. Toen de openbare aanklager de woning binnenstapte, wierp ze hem een verwijtende blik toe.

'O, stoor ik bij het ontbijt?' vroeg Rosenberg.

'Geeft niet', protesteerde Werner, verrast door het bezoek van de openbare aanklager. 'Wat brengt u hierheen?' Rosenberg keek Astrid kort aan.

'De zitting begint morgen een uurtje vroeger door de nieuwe ontwikkelingen', zei hij toen. 'Ik wilde er alleen maar zeker van zijn dat u op tijd zult verschijnen.'

'Komt u daarom naar hier?' vroeg Werner lachend. 'U weet toch dat we hier op het platteland ook al telefoon hebben?' Rosenberg lachte geforceerd om het grapje. 'Blijft u hier lunchen?'

'Zo veel tijd heb ik helaas niet', zei Rosenberg afwerend. 'Maar ik neem graag nog even een kijkje op de plek die de beklaagde zo heeft beïnvloed...' Opnieuw keken Astrid en hij elkaar aan.

‘O, excuseer...’ Nu pas besefte Werner zijn fout. ‘Mag ik jullie voorstellen: Astrid Ostermeyer, mijn levensgezel en moeder van mijn dochter. Meneer Rosenberg, de man die Barbara voor eens en voor altijd achter slot en grendel zal steken.’ De twee drukten elkaar beleefd de hand. ‘Meneer Rosenberg is de openbare aanklager in het proces tegen Barbara.’

‘Ik heb u eerder al in de rechtszaal aan het werk gezien’, zei Astrid benepen.

‘Natuurlijk.’ Werner vermoedde niets. ‘Astrid heeft het proces kunnen bijwonen, in tegenstelling tot mezelf.’ Hij richtte zich tot Astrid. ‘Dan weet je hoe goed meneer Rosenberg in zijn vak is. Een sluwe vos. U vergeeft me deze uitdrukking toch?’ De openbare aanklager knikte en lachte als een boer die kiespijn heeft.

Ze praatten nog even verder over het proces. Werner vroeg hem of de kans groot was dat Barbara levenslang kreeg. Rosenberg schudde zijn hoofd. Felicitas Strehle stond bekend als een genadeloze en heel rechtvaardige rechter, maar op dit moment was nog alles mogelijk. Dat hoorde Werner natuurlijk niet graag. Toen zijn telefoon rinkelde, herinnerde hij zich weer dat hij een afspraak had.

‘Ik moet helaas naar de golfcourse’, zei hij verontschuldigend. ‘Zaken.’

‘Geen probleem.’ De openbare aanklager stond op. ‘Ik moet weer...’

‘Alstublieft, blijf gerust nog even hier om een kopje koffie te drinken...’

‘Stoort het niet?’ Werner schudde zijn hoofd.

‘Astrid houdt u vast nog graag even gezelschap.’ Astrids wangen kleurden rood.

‘Natuurlijk. Graag.’ Werner gaf haar een kus en verdween dan. ‘Kon je niets dommers bedenken?’ zei ze zacht tegen Georg Rosenberg.

‘Ik kon het niet langer verdragen’, bekende hij. ‘Ik moest je zien.’ Ze vielen elkaar in de armen en kusten elkaar passioneel.

‘Niet hier…’ Astrid rukte zich uit zijn omhelzing. ‘Stel dat Werner terugkomt…’

‘Het is de hoogste tijd dat hij het weet’, vond Rosenberg.

‘Niet op deze manier’, zei ze.

‘Hoe dan? En wanneer?’ Astrid wist het ook niet. Ze wilde Werner niet kwetsen. Dat het net de man was op wie Werner al zijn hoop had gevestigd… ‘Ik houd dit niet lang meer vol.’ Rosenbergs stem klonk schor. ‘Ik heb je nodig.’

‘Ik jou ook.’ Ze kusten elkaar opnieuw. Toen hoorden ze plotseling iemand luid de keel schrapen. Charlotte stond in de deuropening.

Astrid had Georg meteen weggestuurd. Ze wilde dit liever alleen met Charlotte bespreken.

‘Charlotte, ik…’ Ze zweeg en zocht naar woorden.

‘Het is niet wat het lijkt?’ vroeg Charlotte met lichte spot in haar stem.

‘Dat is het wel’, zuchtte Sandra’s moeder. ‘Meer zelfs. Maar ik wil je vragen het niet te vertellen aan Werner.’

‘Wat moet ik me daarbij voorstellen?’ Astrid kon toch niet verwachten dat uitgerekend Charlotte zou liegen voor haar. ‘Bovendien verdient Werner het dat je eerlijk tegen hem bent.’ Dat kon Astrid niet ontkennen.

‘Maar ik weet dat het hem vreselijk zal kwetsen. Dat wil ik niet.’ Ze zou het Werner al lang hebben verteld als Georg niets met het proces te maken had gehad. 'Hoe moet ik het hem vertellen?'

'In elk geval het beste zo snel mogelijk', zei Charlotte.

'Dat gaat niet', protesteerde Sandra's moeder.

'Werner is niet dom. Hij ontdekt het vroeg of laat zelf wel.' Astrid kon toch niet wekenlang doen alsof er niets aan de hand is. Wie weet hoelang het proces zou duren?

'Charlotte... Alsjeblieft, vertel het hem niet.' Werners ex-vrouw zuchtte.

'Ik wil me niet met jullie relatie bemoeien', zei ze nadat ze even had nagedacht. Astrid moest zelf beslissen wat ze deed. 'Ik kan je alleen aanbevelen Werner niet te lang aan het lijntje te houden. Ooit komt de waarheid aan het licht.' Astrid gaf haar moedeloos gelijk.

De twee vrouwen wisten uiteraard niet dat Götz Zastrow het hele gesprek had beluisterd. Hij wreef zich in de handen. Astrid Ostermeyer bedroog Werner Saalfeld met de openbare aanklager. Dat zou hij ten volle uitbuiten in zijn eigen voordeel!

Na Cosima's harde woorden zat Rosalie als een hoopje ellende op het terras. André Konopka kwam bij haar zitten en probeerde haar op te beuren. Ze wist ondertussen dat ze het voor ze in coma was geraakt, goed met elkaar konden vinden. En ook nu leek hij altijd bezorgd om haar.

'Ik heb meneer Saalfeld mijn aandelen geschonken', luchtte ze haar hart. 'Maar je denkt toch niet dat er iemand dank je wel zegt.'

'Mijn broer is u nochtans heel dankbaar', antwoordde de chef-kok.

'Maar Lukas laat het koud', klaagde ze.

'Het is slechts een vermoeden...' begon André voorzichtig, 'maar ik denk dat iedereen nog altijd de oude Rosalie voor zich ziet.'

'Was ik dan echt zo vreselijk?' vroeg ze beteuterd.

'Hangt ervan af hoe je het bekijkt...' Ze nam geen genoegen met dat antwoord.

'Hoe was ik dan?' Rosalie keek hem doordringend aan.

'Zelfbewust, onverstoorbaar, creatief, als het om het bereiken van uw doel ging...' Ze zuchtte.

'Met andere woorden: egoïstisch en intrigant.' Hij kon haar niet tegenspreken als hij eerlijk tegen haar wilde zijn. Ook al had hij zelf altijd respect gehad voor Rosalie. 'En niemand mocht die Rosalie', ging ze voort. 'Denkt u dat ze de betere Rosalie was?'

'De Rosalie van vroeger was in elk geval gelukkiger', antwoordde hij.

'En in hoeverre ben ik nog dezelfde gebleven?' Daarop had André geen antwoord. 'Ik vermoed dat het me vroeger waarschijnlijk zonder problemen was gelukt om Lukas weer voor me te winnen, toch?'

'Waarschijnlijk wel, ja', gaf de chef-kok toe. 'Maar ik laat in het midden of dat beter zou zijn.' Maar Rosalies fantasie sloeg al op hol.

'Misschien moet ik doen alsof ik zwanger ben', dacht ze hardop na.

'Goed zo, u bent weer op de goede weg', antwoordde de chef-kok zuchtend.

'Echt?' Ze lachte.

'Integendeel. Bovendien hebt u dat al een keer eerder geprobeerd.' Zo had ze ooit Felix voor zich willen winnen. Met matig succes.

'Ik denk in elk geval weer zoals vroeger', besloot ze. Hij maande haar alleen aan tot voorzichtigheid. Maar daarvan wilde ze niets weten. 'Als ik tot zoiets in staat ben... Ik verzin nog wel iets.'

Na zijn afspraak op de golfcourse was Werner naar het kantoor gegaan. Astrid zocht hem daar op en vroeg of ze hem kon spreken.

'Wat is er?' vroeg hij glimlachend. Ze haalde diep adem en stortte toen haar hart uit.

'Ik heb iemand leren kennen', zei ze met vaste stem. Hij verstarde meteen. 'Het spijt me zo. Het overkwam me gewoon.' Hij zweeg. 'Ik wilde je niet kwetsen, maar...'

'Je wilde niet de hele tijd alleen zijn', vulde hij aan. Hij kon haar amper iets verwijten. Zoals hij haar de afgelopen tijd had verwaarloosd... 'Is het serieus?' Ze knikte.

'Maar dat is nog niet alles', voegde ze er berouwvol aan toe. 'Je kent hem. Het gaat om Georg Rosenberg.' Werners mond viel open van verbazing.

'Dit meen je niet!' tierde hij.

'Ik heb hem toevallig ontmoet', verdedigde ze zichzelf. 'Bij het bowlen. Ik was er met vrienden en iemand had hem meegebracht. Ik zweer dat ik niet wist wie hij was.' Werner keek haar ijskoud aan. 'Het spijt me zo.'

'Dat heb je al gezegd', snauwde hij.

'Ik hoop dat je het me ooit kunt vergeven.' Astrid keek hem met tranen in de ogen aan. Ze zeiden allebei een tijdje niets en dachten na.

'Als jij me ooit kunt vergeven hoe ik je heb behandeld', zuchtte Werner ten slotte. Ze liep naar hem toe en legde haar hand op zijn arm.

'Je hebt me nooit slecht behandeld.' Het afscheid vond dan toch nog in een ietwat verzoenende sfeer plaats.

'Mag ik u even spreken?' Toen Astrid het kantoor uit kwam, werd ze in de lobby meteen aangesproken door Götz Zastrow. De advocaat trok haar bij haar arm mee naar een rustig hoekje.

'Wat wilt u?' vroeg ze geïrriteerd.

'Hoe gaat het eigenlijk met openbare aanklager Rosenberg?' vroeg hij vleierig. 'Hij is toch een vriend van u? Of zeg ik beter: uw vriend?' Ze staarde hem met grote ogen aan.

'Wat wilt u?' herhaalde ze.

'Een beetje medewerking van u', zei hij. 'In ruil daarvoor zal ik uw zwijgende vriend zijn.' Ze keek hem minachtend aan. 'Met andere woorden: als u ervoor zorgt dat mevrouw Von Heidenberg wordt vrijgesproken, voorkom ik dat u wordt veroordeeld.' Net op dat moment kwam Ben de hoek omgelopen. Hij bleef verstard achter Götz' rug staan, Götz merkte niets. Ben luisterde met stijgende verbazing naar het gesprek.

'Ik weet niet wat u zich inbeeldt', zei Astrid boos. 'Ik weet niets over het proces.'

'Maar uw geheime minnaar wel', antwoordde Götz. 'Bezorg me alle documenten die u kunt vinden en uw kleine, sappige geheimpje blijft tussen ons.'

'Werner is al op de hoogte', zei ze koel en stelde tot haar grote genoegen vast dat Zastrow hierop niet had gerekend. 'Maar mijn zogenaamde minnaar zal een poging tot afpersing vast interesseren.'

'Bedreigt u me?' Ze bleef hem zelfverzekerd in de ogen kijken. 'Wat wilt u? Mijn woord tegen het uwe?'

'Ik heb een getuige', kondigde ze toen aan. In tegenstelling tot Götz had zij wel Ben opgemerkt.

'Wie?' vroeg Götz spottend. Ze wees naar Ben en de advocaat draaide zich om. Ben staarde hem minachtend aan. Hij had alles gehoord. En hij was zo boos op Götz dat hij er meteen toe bereid was een verklaring af te leggen bij de openbare aanklager.

'Dit krijgt nog een staartje', zei Astrid tegen Götz. 'Niet alleen voor het proces, maar ook voor uw carrière. Reken daar maar op.' En weg was ze.

'Bent u gek geworden?!' riep Götz tegen Ben.

'Ik? U probeerde haar af te persen!' Hij vertrouwde de advocaat voor geen haar meer. 'Vertel me niet dat u dit voor mijn moeder doet. U brengt haar alleen maar dieper in de problemen met uw criminele praktijken!'

'Eerlijkheid is allemaal mooi en wel, maar men kan het zich niet altijd veroorloven', deelde Götz hem arrogant mee. 'U brengt uw moeder in gevaar! Word nu eindelijk eens volwassen!'

Eva's kamer bij de Sonnbichlers werd speciaal voor haar opnieuw ingericht. Alfons en Hildegard waren blij dat ze er plotseling een nicht bij hadden en dat ze bij hen bleef wonen. Ook in het Fürstenhof was men ondertussen op de hoogte van het nieuwe familielid. Ze vonden het allebei wel een beetje vervelend dat Eva in geen geval een kruisbeeld in haar kamer wilde.

'Geloof je niet in God?' vroeg Hildegard verbaasd.

'Niet meer', antwoordde Eva kortaf. Ooit had ze in hem geloofd. 'Maar nadat hij eerst de belangrijkste persoon in mijn leven van me wegrukte en niet veel later me ook mijn ouders afnam... Dan is het moeilijk nog in die lieve God te blijven geloven.' Haar gezicht kreeg plotseling een heel bedroefde uitdrukking. Hildegard noch Alfons durfden meer uitleg te vragen. Wat had dit arme meisje in haar leven allemaal te verduren gehad?

Rosalie had Sandra, Lukas en Michael uitgenodigd voor de lunch. Niet in het restaurant, maar in de woning.

'Verrassing!' kondigde ze stralend aan. 'Een etentje om jullie te bedanken.'

'Waaraan hebben we die eer te danken?' vroeg Lukas een beetje afwijzend.

'Ik wil jullie bedanken, ik wil me verontschuldigen... Gewoon, omdat jullie zo veel voor me doen. En voor alles wat ik jullie heb aangedaan in mijn vorige leven.' De drie keken haar even sprakeloos aan, maar namen toen plaats aan tafel en proostten met elkaar.

De maaltijd verliep vrolijk, de sfeer was ontspannen, alle wantrouwen leek in rook opgegaan. Ze waren toe aan een kop koffie.

'Wacht!' riep Rosalie plotseling. 'Ik herinner me iets!' Ze deed alsof ze zich heel erg concentreerde. Toen keek ze verschrikt naar Sandra. 'Dit kan niet waar zijn!' fluisterde ze theatraal. 'Jij?'

'Wat ik?' Sandra lachte nietsvermoedend.

'Jij zat naast me in de auto. Het slaapmiddel...' Rosalie deed alsof ze plotseling doodsbang was voor Sandra. Ze keek Sandra verschrikt aan. 'Jij was het! Jij was degene die me wilde vermoorden!' Lukas en Michael keken elkaar geschokt aan. En Sandra zat er sprakeloos bij. Ze had nooit durven denken dat Rosalie tot zo'n gemene streek in staat was. 'Jij hebt me ertoe gedwongen het slaapmiddel op te drinken', beweerde Rosalie.

'Denk je echt dat je Lukas en mij met zulke leugens uit elkaar krijgt?' vroeg Sandra, die nog altijd geschokt was. Lukas viel haar meteen bij.

'Ik geloof er geen woord van', zei hij bars.

'Maar een moordenares geloof je wel?' vroeg Rosalie minachtend. Michael probeerde de gemoederen te bedaren.

'Mevrouw Zastrow, uw geheugen kan u bedriegen. Vooral na zo'n lange coma.' Maar Rosalie bleef erbij.

'Sandra legde de slang in mijn auto, plakte het raam af en startte de motor. Dan is ze uitgestapt en weggegaan.' Met een blik van walging op haar gezicht stond Sandra op.

'Hoe kun je zo gemeen zijn?' siste ze. 'Ik wilde je helpen. Maar jij maakt het iedereen onmogelijk je te mogen.' Ze verliet de woning en Lukas volgde haar.

'Wat zal er gebeuren als ze die onzin tegen de politie vertelt?' Sandra was nog altijd van streek. Lukas dacht niet dat Rosalie zo ver zou gaan. 'En als ze het wel doet?' Sandra had geen alibi voor het tijdstip van de moordaanslag. Ze had alleen in de serre gezeten.

'Ze heeft het toch alleen maar gezegd om ervoor te zorgen dat wij ruzie hebben', zei hij. Rosalie had vroeger wel vaker van die trucs uitgehaald.

'En ik heb haar de hele tijd verdedigd...' Sandra kon zichzelf wel slaan. 'Ik heb zelfs verzwegen dat ze gisteren...' Ze zweeg plotseling. Maar Lukas' nieuwsgierigheid was gewekt en hij bleef aandringen. Ze vertelde hem over de moordpoging met de bloempot.

‘Waarom heb je me dat niet verteld?’ vroeg hij boos.

‘Ik had medelijden met haar.’ Na alles wat Rosalie de afgelopen tijd had meegemaakt... ‘Ik wilde haar niet nog meer in de problemen brengen. En wat krijg ik als dank? Een gemene leugen.’ Hij nam haar troostend in zijn armen.

‘De maat is vol’, besloot hij. ‘Ik zal haar duidelijk maken dat ik dit niet pik.’

Een tijdje later wandelde Sandra, nog altijd razend, door het park. Lukas dacht niet dat Rosalie haar werkelijk zou aangeven. Maar na deze gemene streek vreesde Sandra dat Rosalie tot alles in staat was. Haar geheugen was nog niet helemaal terug, maar haar intrigante karakter had wel weer de kop opgestoken! Sandra zou zich niet zomaar laten doen. Als Rosalie oorlog wilde, kon ze die krijgen...

Lukas zette Rosalie op haar plaats, maar ze was niet van haar stuk te brengen. Zelfs niet toen Lukas haar verweet dat ze gisteren een bloempot naar Sandra had willen gooien.

‘Beweert Sandra dat?’ vroeg ze alleen maar. ‘Zie je, ze probeert me voortdurend zwart te maken.’ Zijn geduld was nu echt op.

‘Ik hou van Sandra!’ riep hij woedend. ‘En ik vertrouw haar. Wat jij ook over haar vertelt.’

‘We zullen zien hoelang jullie liefde standhoudt als je schatje in de gevangenis zit’, zei ze hatelijk. ‘Als ik jou was, zou ik nog eens heel goed over onze scheiding nadenken.’ Nu begreep hij het. Ze probeerde hem te chanteren! ‘Je zou kunnen zeggen dat ik je help om te kiezen voor de juiste vrouw’, vertelde Rosalie overdreven vriendelijk. Hij voelde alleen nog minachting voor haar.

'Ga maar naar de politie. Je zult snel merken dat het je weinig oplevert. Mij en Sandra krijg je daarmee in elk geval niet uit elkaar.'

Na dit vijandelijke gesprek zocht Lukas Michael op in zijn spreekkamer. Hij moest zijn hart luchten over Rosalie.

'Ik begrijp dat je razend bent op je echtgenote', zei Michael bedachtzaam. Ook hij geloofde geen woord van wat Rosalie had gezegd toen ze haar zogezegde nieuwe herinnering vertelde. 'Maar ik waarschuw je, ik zou haar niet in het nauw drijven. Dan heeft ze niets meer te verliezen en zal ze zeker bij haar bewering blijven.' De politie zal dan genoodzaakt zijn het onderzoek weer te openen. 'Wil je dat Sandra echt aandoen?' Natuurlijk wilde Lukas dat niet. Commissaris Meyser had zijn vriendin al eerder verdacht. Maar hij kon niet ingaan op Rosalies chantagepoging. Dan was hij volledig aan Rosalie overgeleverd! Michael wist ook niet hoe het nu verder moest. Het enige wat hij kon voorstellen, was dat hij nog een keer met Rosalie zou praten. Misschien kon hij haar tot rede brengen.

8

Astrid had Werner ondertussen verteld over de chantagepoging van Götz Zastrow.

'Hoe weet hij in hemelsnaam dat jij een relatie met de openbare aanklager hebt?' vroeg Werner verbaasd. Astrid haalde haar schouders op.

'Misschien heeft hij aan de deur staan luisteren toen wij het erover hadden?' Ze kon geen andere verklaring bedenken. Ze had ook Georg Rosenberg al op de hoogte gebracht. 'Hij zal er natuurlijk de consequenties uit trekken en de rechter op de hoogte brengen.'

'Verliest Zastrow dan zijn mandaat?' Ze knikte. Werner besefte dat het er dan voor Barbara wel heel slecht uitzag. 'Wie had ooit durven denken dat jouw affaire met Rosenberg ook voordelen heeft...' Hoewel hij zelf ook twijfelde aan zijn relatie met Astrid, was hij toch teleurgesteld geweest. Rosenberg was tien jaar jonger dan hij. En hij was openbare aanklager. Maar nu lagen de zaken anders. Hij zou die deuk in zijn ijdelheid wel te boven komen.

Götz Zastrow had nog eenmaal geprobeerd Ben om te praten, maar de hotelbediende was vastbesloten de openbare aanklager te verklaren dat hij de poging tot chantage had gehoord. Werner wist dat en zocht Ben op. De hotelbediende wilde niet met hem praten. Zijn moeder had toch verteld dat Werner haar had proberen te vermoorden. Ben geloofde haar en omdat zij dus onschuldig in de beklaagdenbank zat, wilde hij niets meer te maken hebben met de Saalfelds. Hij leed erg onder de situatie.

'U hebt het hart op de juiste plaats', zei Werner hem. 'U kunt me helpen mensen als Zastrow een halt toe te roepen.' Ben zei nog altijd niets. 'Het verbaast me eigenlijk niet dat Barbara von Heidenberg net die kerel als verdediger heeft gekozen', ging Werner onverstoord voort. 'Die twee passen perfect bij elkaar!'

'Mijn moeder is net zo boos op meneer Zastrow als ik!' protesteerde Ben. Hij had zijn moeder aan de telefoon alles verteld. Ze had gedaan alsof ze uit de lucht viel.

'Ik ken uw moeder, zo gaat ze nu eenmaal te werk. Maar het belangrijkste is dat u de rechter de waarheid vertelt en dat zult u doen, toch?' Ben knikte, maar voelde zich er niet goed bij. 'U bent een oprechte jongeman, Sponheim', zei Werner goedkeurend. 'Ik kan amper geloven dat u Barbara's zoon bent...'

'We hebben een probleem.' Götz zocht zijn cliënte op in de ziekenboeg van de gevangenis.

'Als je jouw mislukte poging tot chantage bedoelt...' Daarover had Barbara al alles vernomen van haar zoon.

'Jouw zoon is zo koppig als een ezel', kreunde Götz.

'Hij gelooft nog in het goede van de wereld', zei ze.

'Verdorie!' vloekte de advocaat. 'Waarom moet uitgerekend jij een eerlijke zoon hebben?'

'Waarom liet jij je betrappen bij je afpersing? Als een beginneling...' reageerde ze.

'Jij moet Ben ompraten!' Dat was het enige wat Götz kon bedenken. Ook Barbara besefte dat het de enige manier was om Götz te kunnen behouden als advocaat. Maar ze had zich voorgenomen haar zoon erbuiten te houden.

'Ik ben tot heel veel bereid... Maar Ben moet hierbuiten blijven.' Götz zuchtte.

'Ik heb het verknoeid', gaf hij toe. 'Het spijt me.' Er zat niets anders op dan Ben een beetje onder druk te zetten.

Ondanks het voorval bij de lunch hield Rosalie zich aan haar afspraak in de praktijk van Michael die namiddag. Hij begon voorzichtig een gesprek met haar.

'Ik denk dat het mogelijk is dat u een onaangename herinnering aan Sandra hebt', zei hij.

'Echt?' vroeg Rosalie sceptisch.

'Ik zou een slechte arts zijn als ik mijn patiënten niet ernstig zou nemen', zei hij uitdrukkelijk neutraal. 'Vanuit medisch standpunt interesseert het me enorm. Wat voelde u op dat moment precies?'

'Dat heb ik al verteld bij de lunch', zei ze ontwijkend.

'Er heeft veel in de krant gestaan', wierp hij op. 'Dat kan u hebben beïnvloed.' Hij vroeg of er haar een bijzonder detail was bijgebleven. 'Welke kleding droeg Sandra? Had ze een bepaald juweel aan?' Rosalie werd onzeker.

'Hoe kan ik nu weten wat ze aanhad?' snauwde ze. 'Ik was onder invloed van het slaapmiddel.'

'Ik dacht dat Sandra u dat pas in de auto had toegediend?' Rosalie was uit het lood geslagen.

'Het werkte heel snel', beweerde ze in een poging zich eruit te praten. Maar dokter Niederbühl hoefde zijn twijfels niet langer voor haar te verbergen.

'De politie zal u vast nog meer vragen stellen', zei hij. 'Daarom raad ik u aan nog eens heel goed na te denken over uw beschuldigingen.'

'O, ik snap het al!' Rosalie kneep haar ogen tot spleetjes. 'U spant samen met Lukas en zijn snolletje. En u probeert mij erin te luizen. Ik dacht dat ik u kon vertrouwen.' Woedend strompelde ze de spreekkamer uit.

Ben wilde zich die avond gezellig op de bank nestelen met de krant toen er werd aangebeld. Götz Zastrow stond voor de deur en hij stond erop dat Ben onmiddellijk zijn moeder belde. De advocaat deed ook alsof hij ontzettend veel spijt had van zijn poging tot chantage.

'Ik heb meneer Zastrow gesproken en hem duidelijk gemaakt dat ik walg van zulke praktijken', zei Barbara aan de telefoon.

'Bedoel je dat je een nieuwe advocaat zult zoeken?!' vroeg Ben.

'Dat zou ik heel graag doen', beweerde ze. 'Maar meneer Zastrow is de enige die me hieruit kan halen. Ik heb hem nodig. En hij heeft me beloofd geen vuile trucs meer uit te halen.'

'Vraag je me nu om meneer Zastrow te beschermen?' Bens stem trilde.

'Ik zeg je toch dat ik hem nodig heb', herhaalde ze. 'Zonder hem krijg ik levenslang.'

'Ik kan geen meineed plegen', antwoordde haar zoon verontrust.

'Alsjeblieft, Ben... Doe het voor mij. Je bent alles wat ik nog heb. Laat me niet in de steek!' Hij wilde haar natuurlijk helpen. Maar niet op deze manier.

'Alsjeblieft.' Haar stem klonk smekend.

'Ik zal erover nadenken.' Meer kon hij haar niet beloven. Toen verbrak hij de verbinding.

Sandra zou samen met haar ouders dineren. Werner en Astrid deelden haar meteen mee dat ze niet langer een relatie hadden. Sandra schrok ervan. Ze was ervan uitgegaan dat ze het uitstekend met elkaar konden vinden. Waarom was haar moeder dan verliefd geworden op een andere man?

'Dat een relatie mislukt, daarvoor zijn altijd twee personen verantwoordelijk', zei Werner diplomatisch. 'Het is deels ook mijn schuld.' Sandra zuchtte. Het was ook te mooi geweest om waar te zijn dat haar ouders na al die jaren opnieuw een paar zouden zijn...

Later die avond maakte ze kennis met Georg Rosenberg. De openbare aanklager kwam bij hen zitten om de chantagepoging van Götz Zastrow te bespreken. De sfeer was beladen. Sandra vond de nieuwe vriend van haar moeder heel sympathiek. En Werner behandelde de openbare aanklager met respect. Hij was het tenslotte die ervoor moest zorgen dat Barbara en haar verdediger een halt werd toegeroepen.

Sandra en Lukas begonnen de volgende dag met een ochtendwandeling door het park. Sandra bleef het liefst urenlang buiten. Zo kon ze Rosalie in de woning mijden.

'Ik zou haar het liefst van al vandaag nog uit mijn woning zetten', zuchtte Lukas. 'Maar Michael raadt me af haar onder druk te zetten.'

'Wie zet wie onder druk?' vroeg Sandra snuivend. 'Laat ze maar naar de politie gaan. Die doorprikken haar leugens zo.'

'Michael denkt ook dat de rechercheurs meteen zouden doorhebben dat Rosalie liegt', bevestigde Lukas. 'Maar wie weet wat ze nog allemaal verzint. Voor je het weet voert ze een getuige op...'

'Dit is waar ze opuit is', stelde Sandra bedroefd vast. 'Ze wil ons bang maken, zodat jij de scheiding afblaast.' Hij schudde krachtig zijn hoofd. Dat zou hij nooit laten gebeuren. 'Rosalies haat, haar aanvallen...' Sandra hield het niet lang meer uit. Toen vermande ze zich. 'Ik concentreer mijn woede vanaf nu op de persoon die hiervoor verantwoordelijk is.'

Georg Rosenberg had Felicitas Strehle verteld over het voorval tussen Götz Zastrow en Astrid Ostermeyer. De openbare aanklager kwam nog één keer naar het Fürstenhof om Ben Sponheim mee te delen dat hij de volgende ochtend in München werd verwacht om een verklaring af te leggen voor de rechter.

'Ik moet morgen werken', bromde Ben. Hij had de hele nacht geen oog dichtgedaan. De gewetensstrijd had hem uit zijn slaap gehouden.

'Ik ben er zeker van dat u enkele uren vrijaf kunt krijgen', antwoordde Rosenberg. 'U vindt het toch ook belangrijk dat we die man aanpakken?' Hij was al bezig met het opstellen van een akte van beschuldiging. 'Daarom moet ik heel precies weten wat meneer Zastrow heeft gezegd tegen mevrouw Ostermeyer.'

'Dat weet ik niet', beweerde Ben. 'Ik stond er te ver vandaan om alles te kunnen horen. Ik weet niet precies waarover ze het hadden.' De openbare aanklager keek hem somber aan en had meteen door wat er aan de hand was.

Götz Zastrow was hem weer een stapje voor geweest en had de getuige geïntimideerd. 'Onzin', mompelde Ben.

'U bent bang dat u uw moeder benadeelt', vermoedde Rosenberg. Ben sloeg betrapt zijn ogen neer. Net op dat moment kwam Cosima de lift uit. Ze hoorde de rest van het gesprek. 'Meneer Sponheim, we hebben het hier over een grove overtreding!' zei de openbare aanklager boos. 'Chantage is strafbaar! Als meneer Zastrow nog meer van die bedenkelijke methoden aanwendt, brengt hij uw moeder in gevaar!' Toch bleef Ben erbij dat hij niet kon vertellen wat er precies was gezegd. Hij liep weg, maar werd geplaagd door zijn slechte geweten. En Cosima dacht er het hare van.

Georg vertelde Astrid aan de telefoon dat Ben Sponheim van gedachte was veranderd en niet langer wilde getuigen. Astrid had haar spullen al ingepakt en stond op het punt afscheid te nemen van haar dochter.

'Ik zou je het liefst van al met me meenemen', zuchtte ze. 'Weg van hier. Weg van die Zastrows.' Sandra moest haar beloven op te letten voor Lukas' vader. Sandra knikte. Ze vertrouwde Götz voor geen haar. Maar op dit moment vond ze het vooral spijtig dat ze haar moeder niet meer zo vaak zou zien nu ze niet langer een relatie had met Werner. 'We bellen wel', zei Astrid liefdevol. 'En je bent altijd welkom bij me, dat weet je. Als er iets is, bel je maar. Dan laat ik alles vallen en kom meteen naar je toe.' Sandra glimlachte ontroerd en omhelsde haar moeder.

'Leer jij het dan nooit?' Cosima riep haar man ter verantwoording nadat ze het gesprek in de lobby had gehoord. 'Probeer je nu alweer iemand te chanteren?!'

'De foute persoon op het foute tijdstip', zei Götz gelaten. 'Ik heb gewoon pech gehad.'

'Je zet je reputatie op het spel', verweet ze hem. 'Alleen maar om die Barbara von Heidenberg te helpen.'

'Wie niet waagt, die niet wint', antwoordde hij luchtig. 'Dat zou jij toch moeten weten.'

'Ik vind dat je nogal veel waagt voor die vrouw', zei ze. 'Ze is een moordenares.'

'Wees maar niet bang.' Hij glimlachte dubbelzinnig. 'Ik heb haar goed onder de duim. Bovendien mag je niet te snel oordelen over mensen zoals mevrouw Von Heidenberg. Jij bent ook geen heilige.' Cosima nam meteen wat gas terug en omhelsde haar man liefdevol.

'Ik ben alleen een beetje jaloers', bekende ze koket. 'Omdat je zo veel tijd in die zaak stopt. We willen de tijd die je nog rest toch zo veel mogelijk samen doorbrengen?' Zonder dat ze het zag, rolde hij met zijn ogen en maakte zich los uit haar omhelzing.

'Daarom probeer ik het proces zo snel mogelijk achter de rug te hebben', beweerde hij. 'Nu moet ik naar mijn cliënte. We moeten de stand van zaken bespreken.' Hij gaf haar een vluchtige kus en verliet de woning. Cosima's hersenen werkten op volle toeren.

Werner verweet het Ben natuurlijk vreselijk dat hij niet wilde getuigen.

'U bent al net zo'n grote leugenaar als uw moeder!' riep Werner boos.

'En dat zegt uitgerekend u?!' reageerde Ben woedend. Werner kon zich nog net beheersen, hij had de hotelbediende bijna bij de kraag gevat.

'Het zal u nog duur te staan komen Barbara te blijven steunen', siste hij. 'Daar kunt u op rekenen.'

Barbara was dolblij dat ze erin was geslaagd haar zoon aan haar kant te krijgen.

'Je hebt hem goed in je macht', loofde Götz haar. 'Dat komt ons goed uit.'

'Ben houdt van me', zei ze ernstig. 'Hij zou alles voor me doen. Het bevalt me absoluut niet dat ik van hem moet profiteren. Hij heeft het niet verdiend dat ik tegen hem lieg.'

'Je hebt geen andere keuze', zei haar advocaat. 'Of denk je dat hij je ook nog zo trouw zou zijn als hij de waarheid over de gebeurtenissen kende?'

9

Vastberaden stapte Sandra naar Rosalie, die in het park een boek zat te lezen in de zon.

'Ik moet met je praten.' Rosalie vroeg haar lijfwacht een beetje afstand te nemen. 'Durf jij eigenlijk nog in de spiegel te kijken?'

'Die vraag kan ik jou ook stellen', antwoordde Rosalie. 'Want wie heeft mijn echtgenoot afgepakt?'

'Ik kon Lukas niet van je afpakken,' antwoordde Sandra, 'want hij heeft nooit bij je gehoord.'

'Je vergist je.' Rosalie nam plotseling een andere houding aan. 'Toen ik ervandoor wilde gaan, besefte hij wat hij allemaal zou verliezen. Hij heeft me toen zijn liefde verklaard en wilde ons huwelijk nog een kans geven. Dat is de reden dat je hebt geprobeerd me om te brengen.'

'Jij bent gek.' Sandra kon het niet vatten.

'En jij zit binnenkort achter de tralies', zei Rosalie onaangedaan. 'Tenzij je Lukas ervan overtuigt de scheiding in te trekken.' Sandra schudde haar hoofd. 'Dan zit er voor mij niets anders op dan de politie op de hoogte te brengen.'

'Als jij je per se belachelijk wilt maken... Lukas zal je daardoor alleen maar meer haten. En trouwens, als je mij beschuldigt, breng je jezelf in gevaar.' Rosalie keek haar verbaasd aan. Wat bedoelde Sandra? 'Als de politie mij aanhoudt, betekent dat dat de echte moordenaar of moordenares nog vrij rondloopt. Je geeft de persoon die je uit de weg wilde ruimen, dus vrij spel.' Heel even leek het erop dat Rosalie verstandig werd. Toen veranderde ze echter van idee. Ze stond op, steunde op haar krukken en keek Sandra vervuld van haat aan.

'Dat interesseert me niet', siste ze. 'Zolang jij de gevangenis maar in gaat. Ik ben bereid elke prijs te betalen die daarvoor nodig is.'

'Rosalie...' Sandra zette een stap dichterbij, maar Rosalie deinsde terug. Daarbij verloor ze het evenwicht, struikelde en viel met haar hoofd tegen de rand van de bank. Ze bleef bewusteloos op de grond liggen.

Sandra nam haar bij de schouders en schudde. Ze tikte ook tegen haar wangen. De lijfwacht kwam meteen naar hen toe gerend. Gelukkig bewoog Rosalie haar oogleden, ze kwam weer bij.

'Godzijdank!' riep Sandra. 'Gaat het?'

'Wat is er gebeurd?' Rosalie greep naar de achterkant van haar hoofd en haar gezicht vertrok.

'Je bent gevallen. Je verloor je evenwicht.' Sandra wilde dokter Niederbühl halen, maar Rosalie weerhield haar ervan. Ze ging op de bank zitten. En plotseling herinnerde ze zich weer iets, namelijk de eerste keer dat ze in het Fürstenhof kwam. Haar hart begon sneller te slaan. Nee, ze wilde niet naar de dokter. Ze wilde naar haar eigen woning. Ze had gewoon wat rust nodig.

Götz en Barbara hadden alles besproken en stonden op het punt afscheid van elkaar te nemen. Plotseling ging de deur open en werd Ben door een cipier binnengebracht. Hij stond erop zijn moeder alleen te spreken. Götz stuurde de cipier weg en verliet toen zelf ook de kamer.

'Wat is er aan de hand?' vroeg Barbara met een vreemd voorgevoel.

'Je hebt me beloofd niet meer te liegen.' Haar zoon was helemaal van streek. 'Maar je verlangt nu van mij dat ik dat wel doe. Hoe weet ik zeker dat je eerlijk bent? Of je me niet alweer voor je kar spant?' Zijn wanhoop trof haar diep.

'Ben, begrijp me alsjeblieft', smeekte ze hem. 'Ik houd het hier in de gevangenis amper nog uit. Daarom probeer ik al het mogelijke om hieruit te komen.'

'Ik kan er niet tegen dat je tegen me liegt', fluisterde hij. 'Ik moet het weten... Was je echt het onschuldige slachtoffer op de berg? Of kloppen alle geruchten over jou?' Ze aarzelde. 'Als ik ook maar iets voor je beteken, wees dan eerlijk tegen me', zei hij. Ze stond in tweestrijd met zichzelf. De tranen sprongen haar in de ogen.

'Het is allemaal waar', bekende ze toen met hese stem. 'Ik heb inderdaad geprobeerd Werner, Robert en Miriam te vermoorden op de berg.' Ben voelde de grond onder zijn voeten wegzakken.

'Het klopt?!' stamelde hij. 'Alles?' Ze knikte langzaam en kromp in elkaar toen hij riep: 'Je bent dus een koelbloedige moordenares!'

'Zo mag je dat niet zien', verdedigde ze zich. 'Het was Werners schuld. Hij wilde alles kapotmaken. Hij wilde mijn leven om zeep helpen.'

'En iemand die jou dwarsboomt, vermoord je dan maar?' snauwde Ben.

'Hij wilde me aangeven bij de politie. Toen kwamen Robert en Miriam eraan. Plotseling was het: zij of ik.' Ben stapte langzaam achteruit in de richting van de deur. Hij leek bang te zijn voor zijn moeder. 'Ik wilde het niet', beweerde ze. 'Het gebeurde gewoon. Het was alsof ik mezelf niet was. Alsof iemand anders in mijn plaats handelde... Ik kwam pas tot bezinning toen ik aan de rotswand hing. Toen wist ik dat alles voorbij was. En het was een opluchting.' Ze had opzettelijk de rots losgelaten. Ze wilde naar beneden vallen. 'Maar ik heb het overleefd en ik kreeg een tweede kans. Als Sylvia. Is dat geen teken?'

'En nu wil je een derde kans...' mompelde hij.

'Ik wil een normaal leven!' riep ze. 'Is dat dan te veel gevraagd? Heb ik nog niet genoeg geboet?' Hoofdschuddend draaide hij zich om. 'Nu weet je alles. Ik leg mijn lot in jouw handen. Jij beslist of ik eindelijk een normaal leven zal kunnen leiden of niet.'

Götz vond het een vreselijke vergissing dat Barbara Ben de waarheid had verteld. Maar ze was er zeker van dat Ben niet tegen haar zou getuigen. Hij hield van haar. Ze was toch zijn moeder. Ze kon niet tegen hem liegen.

'Die moederlijke gevoelens passen niet bij je', zei Götz bars en nam zijn jas. Nu moest hij weer de kastanjes uit het vuur zien te halen...

Hoewel Eva al een tijdje in het Fürstenhof werkte, had ze Cosima Zastrow nog niet ontmoet. Vandaag kwamen ze elkaar echter in het restaurant tegen. Eva kon niet anders dan Lukas' moeder aanstaren.

'Ik heb het gevoel dat ik haar al eerder heb gezien', vertrouwde ze Simon toe. Ze kon het ondertussen uitstekend met hem vinden. 'Wie is ze?'

'Cosima Saalfeld', antwoordde hij. Die naam zei haar niets. 'Ze is de moeder van onze manager Lukas Zastrow.' Eva hapte naar adem.

'Zastrow?!' riep ze uit. Ze verontschuldigde zich en rende naar buiten. Ze was lijkbleek geworden en had dringend frisse lucht nodig.

Sandra maakte zichzelf grote verwijten. Het was haar schuld dat Rosalie was gevallen en daarbij haar hoofd zwaar had gestoten.

'Het is haar eigen schuld', vond Lukas. Hij kon nog maar weinig medelijden opbrengen voor zijn echtgenote. 'Maar we moeten wel voorbereid zijn. Rosalie laat deze kans vast niet onbenut. Ook al kon je er niets aan doen, ik verwacht een klacht voor slagen en verwondingen...'

Sandra had er toch voor gezorgd dat Michael Rosalie zou opzoeken. De arts stelde vast dat Rosalie een grote buil op haar achterhoofd had. Ze had mogelijk een hersenschudding, want ze was ook even buiten bewustzijn geweest.

Maar Rosalie nam het allemaal luchtig op. Ze verweet Sandra niets. Ze vertelde alleen niet waarom ze het voorval niet erg vond. Haar geheugen was namelijk teruggekeerd! Ze herinnerde zich weer alles. Eindelijk.

Ze nam een doos met foto's. Nu wist ze weer het verhaal rond de foto's. En ze herinnerde zich nu ook hoe kort haar geluk met Lukas was geweest. Niet lang na hun huwelijk had hij haar verteld dat hij het huwelijk ongedaan wilde maken. Zij had besloten haar leven een nieuwe wending te geven. Dat had ze Sandra zelf gezegd toen ze afscheid nam.

'Hoe gaat het met je?' Sandra en Lukas waren binnengekomen en stelden verbaasd vast dat Rosalie oude foto's bekeek.

'Probeer je je geheugen te stimuleren?' vroeg Lukas. 'Denk je dat het helpt?' Rosalie antwoordde niet, maar greep haar krukken.

'Ik heb frisse lucht nodig', zei ze.

'Je kunt beter wat rusten', zei Sandra.

'Zie ik er ziek uit?' Lukas vreesde dat ze naar de politie zou gaan. 'Waarom zou ik?' vroeg Rosalie.

'Omdat je Sandra weer als je zondebok wilt gebruiken?' riep hij boos. 'Ze kan er niets aan doen dat je gevallen bent. Volstaat het niet haar van moord te beschuldigen?'

'Ach...' Rosalie maakte een wegwuivend gebaar. 'Dat was stom van me. Sorry. Het zal niet meer gebeuren.' Ze strompelde naar buiten. Sandra en Lukas keken elkaar verbijsterd aan. Wat had dat te betekenen?

Eerst noemde Rosalie haar een moordenares, nu was het stom van haar? Sandra begreep er niets van. Van deze vrouw kon je alles verwachten. Waarschijnlijk had Lukas gelijk en zou ze Sandra aangeven voor slagen en verwondingen. Ze was altijd al onberekenbaar geweest, maar nu leek er iets veranderd. Ze gedroeg zich anders dan voor de val...

Götz zocht het hele hotel af naar Ben. Hij vond de hotelbediende uiteindelijk in de personeelskamer, waar hij zich aan het omkleden was om aan het werk te gaan.

'Ik wil alleen maar weten of u de bekentenis van uw moeder hebt verwerkt', beweerde de advocaat. 'Het was vast een schok voor u.'

'En voor u dan?' vroeg Ben sissend. 'Met uw mooie show voor de rechtbank! Mijn moeder als onschuldig lammetje!'

'Oké, ik was toen al op de hoogte', gaf Zastrow toe.

'Mooie advocaat bent u', zei Ben minachtend.

'Ik wil uw moeder helpen', antwoordde Götz. 'Het gaat mij niet over schuldig of onschuldig, het gaat over overwinning of nederlaag.' Ben zei niets. 'Ik kan alleen maar hopen dat u uw moeder ook wilt helpen', ging Götz nadrukkelijk voort. 'Ik vond het namelijk een heel grote fout om u de waarheid te vertellen. Ze heeft haar lot in uw handen gelegd. Als advocaat kan ik alleen maar zeggen dat dat het domste is wat een beklaagde kan doen.' Tegen zijn zin was Ben onder de indruk van die woorden. 'Maar wat kan ik eraan veranderen?' ging Götz voort. 'Uw moeder houdt van u. Ze vertrouwt u blindelings. Als het om haar zoon gaat, valt er niet met haar te praten.' Tevreden stelde de advocaat vast dat hij het effect bereikte dat hij voor ogen had. Ben was in de war. 'Beseft u eigenlijk wel hoeveel u voor uw moeder betekent?' zei Götz nog. 'En hoe ze u vertrouwt? Ik hoop dat ze zich niet in u vergist...'

Eva was van de eerste schok bekomen. Ze raapte al haar moed bijeen en stelde zich voor aan Cosima. De naam Eva Krendlinger leek haar niets te zeggen.

'Ken ik u?' vroeg ze verwonderd.

'Niet echt', antwoordde Eva aarzelend. 'We hebben elkaar ooit maar eenmaal ontmoet.' Haar stem brak. 'Op Markus' begrafenis.' Cosima liet meteen alle arrogantie en afstandelijkheid varen.

'Kende u mijn zoon?' Ze trok Eva mee naar een rustig hoekje.

'Ik was zijn vriendin', vertelde Eva. Cosima trok verbaasd haar wenkbrauwen op. Ze wist niet dat Markus een vriendin had gehad. Hij had haar nooit mee naar huis gebracht. En op de begrafenis had Eva zich op de achtergrond gehouden. 'Ik stond helemaal achter in de kerk. Ik... Ik was niet in staat u te condoleren. U zag er zo wanhopig uit.' De tranen stonden Eva in de ogen. 'Het was zo verschrikkelijk.' Cosima stond aan de grond genageld. Alle vreselijke herinneringen kwamen weer bovendrijven. 'Ik heb u later wel een brief geschreven. Herinnert u zich dat?'

'Ik heb de condoleancebrieven nooit geopend', zei Cosima zacht. 'Ik had er de kracht niet voor...' Ook nu werd het haar te veel. Ze liet Eva Krendlinger zonder nog een woord te zeggen achter.

Als in een roes liep Cosima naar haar woning, ze nam de doos met ongeopende condoleancebrieven en vond Eva's brief meteen.

'Vergeef het me, alstublieft, dat ik u niet persoonlijk heb gecondoleerd', had Eva geschreven. 'Ik zou u zo graag willen zeggen dat u een fantastische zoon had. Ik kende Markus amper een jaar, maar hij heeft mijn hele leven veranderd. Ik weet niet hoe het zonder hem verder moet.' Cosima liet haar tranen de vrije loop. Het deed zo goed deze brief te lezen. Ze had nooit met iemand over de dood van haar zoon kunnen praten. Lukas was te jong geweest. En Götz was niet eens naar de begrafenis gekomen...

Eva was voor het avondeten bij Tanja en Nils uitgenodigd. Ze was nog van streek door haar ontmoeting met Cosima en daarom vertelde ze hun over haar relatie met Markus. Tanja en Nils waren heel verbaasd te horen dat hij Cosima's zoon en Lukas' broer was geweest.

'Ik had graag met hem een gezin gesticht', zei Eva droevig. 'Maar hij is gestorven. Het was een ongeval...' Tanja omhelsde haar troostend. 'We hebben amper een jaar met elkaar doorgebracht', ging Eva voort. 'Maar het was een heel intens jaar!' Markus studeerde rechten. 'Zijn leven moest eigenlijk nog beginnen...'

'Zou het kunnen dat je je sindsdien afsluit voor een nieuwe relatie?' vroeg Tanja voorzichtig. Eva knikte. Sindsdien was ze nooit echt verliefd geweest. Omdat ze Markus niet kon vergeten.

'Onze relatie is nooit geëindigd. Ze is gewoon abrupt onderbroken. Beng! Gedaan!' Markus had 'Tot ziens' gezegd en in feite wachtte ze nog altijd op zijn terugkeer...

Rosalie zat aan tafel en deed krachtoefeningen met haar benen. Sandra wilde naar de slaapkamer zonder een woord tegen Rosalie te zeggen, maar bedacht zich en sprak haar toch aan.

'Wat had dat daarstraks te betekenen?' vroeg ze. 'Eerst wil je me een moordpoging in de schoenen schuiven en dan vind je het ineens stom van je?'

'Wat wil je?' vroeg Rosalie geprikkeld. 'Ik heb me toch al verontschuldigd.' O, dus die 'sorry' van daarstraks was een verontschuldiging? 'Wat verwacht je dan van me? Een knieval?' Sandra werd razend.

'Houd eindelijk op met je spelletjes!' riep ze. 'En denk maar niet dat ik me zal inhouden!'

'Wind je niet zo op', zei Rosalie bits. 'Dat is niet goed voor je hart.' Sandra schrok.

'Wat weet jij over mijn hart?' Rosalie besefte dat ze een fout had gemaakt. Ze kon haar tong wel afbijten. Maar het was te laat. Sandra had het door. 'Ik snap het! Daarom deed je zo vreemd na die val. Je geheugen is teruggekeerd!'

'Een klap op je hoofd bevordert het denkvermogen', zei Rosalie lachend en ze probeerde wanhopig haar onzekerheid te verbergen.

'Je weet van mijn transplantatie, omdat je je het herinnert', ging Sandra voort. 'En je weet plotseling ook dat ik je niet wilde vermoorden. Weet je dan wat er is gebeurd voor je in coma bent geraakt?'

'Alsof ik het jou zou vertellen', snauwde Rosalie. Ze vond het een allesbehalve aangenaam idee dat net Sandra op de hoogte was van haar geheimpje.

'Waarom zou je dat niet doen? Je weet dat ik kan zwijgen.' Rosalie gaf toe.

'Ja, ik herinner me weer veel', gaf ze toe. 'Maar wie me wilde vermoorden... Wat er in de auto is gebeurd... Dat herinner ik me nog niet.' Ze herinnerde zich alleen dat alles om haar heen wazig was geworden. 'Trouwens... Als ik weet wie het gedaan heeft, wordt het gevaarlijk voor me.' Haar lijfwacht kon niet altijd bij haar zijn. Sandra was het met haar eens.

'Hij of zij zal het vast nog een keer proberen', zei ze.

'Daarom wilde ik niemand vertellen dat mijn geheugen is teruggekeerd', legde Rosalie uit. Want alleen als niemand dat wist, voelde de dader zich veilig. 'Zwijg er dus over, tegen iedereen!'

'Zou je niet beter naar de politie stappen?' stelde Sandra voor. Rosalie schudde haar hoofd. Ze hoopte dat de ontbrekende puzzelstukjes nu snel op hun plaats zouden vallen.

'Wie heeft een motief?' Sandra aarzelde, maar vertelde toen dat Lukas en zij Cosima verdachten. 'Ja, we hebben ruzie gemaakt over de aandelen', herinnerde Rosalie zich. 'Het zou er iets mee te maken kunnen hebben. Maar zou ze me daarvoor vermoorden?' Ze twijfelde. 'Voorlopig is het belangrijkste dat niemand het weet.' Ze zou blijven doen alsof ze zich niets herinnerde. 'Jij mag ook niets verklappen. Beloof je me dat?' Sandra knikte. 'Ook Lukas niet!' Dat vond Sandra geen goed idee. Maar omdat Rosalie het haar zo lief vroeg, stemde ze ermee in.

Na haar gesprek met Sandra ging Rosalie samen met haar lijfwacht naar het restaurant. Daar zag ze Cosima staan. Rosalie vroeg haar lijfwacht op afstand te blijven en strompelde naar Lukas' moeder.

'Ik wil je iets vragen...' begon ze. 'Ben je nog boos dat ik mijn aandelen heb weggeschonken?'

'Er zijn belangrijker zaken in het leven, liefje.' Cosima kon al de hele avond alleen maar aan haar gestorven zoon denken. Ze meende dan ook wat ze zei. 'Alleen op het echt belangrijke moeten we ons concentreren. Ik wens je heel veel beterschap.' Verbluft staarde Rosalie haar aan. Wie zoiets zei, kon niet in staat zijn iemand te vermoorden, toch?

10

De volgende ochtend, net voor Eva aan het werk ging, werd ze aangesproken door Cosima.

'Ik zou u willen bedanken voor uw brief', zei ze. 'Ik heb hem gisteren gelezen. Ik wou dat ik hem toen al had gelezen. Hij had me vast kunnen troosten.' De twee vrouwen schonken elkaar een warme glimlach. En Cosima verontschuldigde zich ook nog dat ze zo plotseling was weggegaan. Het was haar allemaal wat te veel geworden... Eva begreep het maar al te goed en was blij dat Cosima haar uitnodigde voor een kop koffie in het restaurant. 'Als moeder zou ik dit niet mogen zeggen, maar tegenover u kan ik eerlijk zijn...' Cosima keek Eva een beetje verlegen aan en ging toen voort: 'Markus was altijd mijn lieveling. Natuurlijk houd ik ook van mijn andere kinderen, maar Markus...'

'Hij was heel bijzonder', viel Eva haar bij.

'Ja, toch? Dat zei iedereen die hem kende. Waarom heeft hij u nooit aan ons voorgesteld?'

'Het is er op een of andere manier nooit van gekomen.' Hoewel ze bijna een jaar lang een relatie hadden gehad. In een opwelling nam Cosima de armband die ze droeg.

'Deze heb ik tussen Markus' spullen gevonden', vertelde ze. 'Hij was nog ingepakt. Ik wist toen niet voor wie de armband bedoeld was, daarom heb ik hem zelf gehouden. Zo dacht ik aan hem.' Ze stopte de armband plechtig in Eva's hand. 'Nu weet ik dat hij hem voor u had gekocht.'

'Dank u...' Eva was zo ontroerd dat ze geen woord meer kon uitbrengen. Ze streelde de armband zacht.

Werner had zich zo goed mogelijk voorbereid op zijn getuigenis voor de rechtbank. Vandaag was het eindelijk zover. Charlotte zat samen met meneer en mevrouw Sonnbichler in de zaal en had er moeite mee haar zenuwen onder controle te houden.

Toen was het Werners beurt. Toen hij plaatsnam in de getuigenbank, keek hij Barbara strak aan. Hij kon zijn haat amper verbergen. Ze hield zijn blik vast.

'En toen op de berg... Ik wilde weten of ze haar eerste man had vermoord.' Alle ogen waren op Werner gericht. 'Ze gaf het toe.' Barbara gaf geen krimp, maar het rumoer in de zaal zwol aan. 'Ik wilde haar ervan overtuigen zich aan te geven bij de politie, maar... Ik maakte de fout om Barbara op een bepaald moment de rug toe te keren. Dat mag je bij deze vrouw nooit doen.' Hij wierp haar een woedende blik toe. 'Ze maakte meteen van de gelegenheid gebruik om me met een steen neer te slaan.' Ben kon amper op zijn stoel blijven zitten. Hij wilde hier weg. Hij wilde nooit meer iets over deze vreselijke gebeurtenissen horen. Maar hij verroerde zich niet. 'Ik verloor even het bewustzijn', ging Werner voort. 'Toen ik weer bijkwam, hing Miriam, mijn huidige schoondochter, over de rand van de berg en ze riep om hulp. Mijn zoon kwam eraan, boog zich voorover om Miriam te helpen en toen zag ik hoe...' Hij kon zich niet langer bedwingen. Hij brulde tegen Barbara: 'Jij viel Robert aan, loeder!' Barbara vertoonde geen reactie.

'Meneer Saalfeld, bedwing uzelf!' maande de rechter hem aan. Werner probeerde te kalmeren en verontschuldigde zich voor zijn uitbarsting.

'Ik kon haar gelukkig tegenhouden', ging hij voort. 'Als ik dat niet had gedaan, had ze mijn zoon met een grote steen de kop ingeslagen. En Miriam zou dan zonder twijfel naar beneden zijn gevallen.' Charlotte sloot haar ogen. Haar hart kromp ineen toen ze zich voorstelde hoe drie mensen van wie ze hield, op het nippertje aan de dood waren ontsnapt.

'En de beklaagde?' vroeg Felicitas Strehle.

'Ze wilde op de vlucht slaan', antwoordde Werner. 'Maar ze struikelde en... viel over de rand van de berg. Ze kon zich nog net vastklampen aan een uitstekende rots. Ik heb zelfs nog geprobeerd haar omhoog te trekken.'

'Hoe nobel!' onderbrak Götz hem spottend, maar hij werd door de rechter tot de orde geroepen.

'Ze liet mijn hand los', zei Werner. 'Opzettelijk. Ze wist dat ze geen schijn van kans meer maakte. Ze viel naar beneden.' In de zaal heerste een absolute stilte. Alleen Götz bleef onverstoord notities maken.

Hij onderwierp Werner vervolgens aan een kruisverhoor, maar die liet zich niet uit het lood slaan. Hij bleef bij zijn versie van de feiten en kondigde aan dit alles onder ede te willen herhalen. Götz probeerde hem verschillende malen te provoceren, maar Werner had zichzelf goed in de hand. Het zag er niet goed uit voor Barbara.

'Mevrouw Von Heidenberg, u hebt gehoord wat getuige Werner Saalfeld te vertellen had. Zijn versie klinkt helemaal anders dan de uwe.' De rechter wierp Barbara een scherpe blik toe. 'Wilt u uw verklaring nog herzien? Dit is uw laatste kans.' Götz gezicht betrok.

'Wat bedoelt ze?' vroeg Barbara in paniek.

'Dat u schuldig zult worden verklaard als u bij uw verklaring blijft', legde de advocaat uit. Barbara wierp een blik naar Ben. Hij keek haar recht in de ogen en maakte haar duidelijk dat hij wilde dat ze bekende. Ze keek snel weer de andere kant uit.

'Ik heb niets toe te voegen aan mijn verklaring.' Ben kon het niet geloven. In een opwelling sprong hij op en rende de zaal uit. Zijn moeder sloeg het ontsteld gade.

'Jij zou Werner in het nauw drijven! Je zou hem van zijn stuk brengen! Zodat hij in de war zou raken en er als een idioot zou uitzien!' Barbara was woedend toen Götz haar in de ziekenboeg opzocht.

'Ik weet zelf ook wel dat het anders had moeten lopen', mopperde hij. Hij had nooit gedacht dat Werner zo kalm zou blijven tijdens het kruisverhoor.

'Maar dat is hij wel gebleven!' snauwde Barbara. 'En de rechter was duidelijk onder de indruk. Ze gelooft geen woord meer van wat ik heb gezegd.'

'We mogen niet in paniek raken', zei hij. 'Anders kun je net zo goed meteen alles bekennen.'

'Misschien zou je dat nog het liefst van al hebben', zei ze en keek hem strak aan.

'Wablieft?'

'Je hebt je pleziertje met me gehad', stelde ze verbitterd vast. 'Nu zou je graag van me verlost zijn. Het komt je goed uit dat ik de rest van mijn leven achter de tralies zit.'

‘Dat is onzin!’ protesteerde hij. ‘Ik houd van je! Ik zou er alles aan doen om een veroordeling te voorkomen.’

‘Kon ik je maar geloven...’ Ze zweeg gekwetst. ‘Zolang ik hier zit, afgesloten van de buitenwereld... Je kunt me wijsmaken wat je wilt.’

‘Als je dat van me denkt, kun je me maar beter ontslaan’, zei hij ontdaan.

‘Misschien moet ik dat inderdaad doen’, antwoordde ze koel. ‘Waarschijnlijk kunnen we er hier maar beter een punt achter zetten.’

‘Dit meen je niet.’ Götz keek haar ontzet aan. Maar Barbara was vastbesloten.

‘Ga alsjeblieft. Nu. Je bent niet langer mijn advocaat.’

Lukas kon zijn oren niet geloven toen Sandra hem zei dat ze die middag samen met Rosalie zou eten. Wilde zijn vriendin zich alweer door Rosalie laten inpakken? Ze had Sandra net nog een moordenares genoemd! Sandra gaf een ontwijkend antwoord, maar ze kon Lukas niet om de tuin leiden. Ze vroeg hem geen vragen meer te stellen.

‘Wat heeft dit te betekenen? Hebben jullie een geheim? Ik mag het niet weten?’ Plotseling drong het tot hem door. ‘Zou het kunnen dat haar geheugen is teruggekeerd?’

‘Nee!’ loog Sandra snel. ‘Maar ik kan je niets meer vertellen. Ik heb het beloofd.’

‘Dit meen je niet!’ Hij schudde ontzet zijn hoofd. ‘Je laat je alweer door haar voor haar karretje spannen.’ Sandra keek haar vriend schuldbewust aan.

Ze hield zich toch aan haar afspraak met Rosalie. In het restaurant bespraken ze hoe het nu verder moest. Ze werden gestoord door Eva Krendlinger, die hun drankjes bracht. Ze droeg de armband die Cosima haar had gegeven. De armband rinkelde zacht als ze haar arm bewoog. Plotseling greep Rosalie met een doodsbang gezicht naar Eva's arm.

'U was het!' riep ze paniekerig uit. Eva schrok zich een ongeluk en wilde haar arm terugtrekken, maar Rosalie hield die in een ijzeren greep en staarde Eva aan.

'Wat is er aan de hand?' vroeg Sandra.

'U was het!' herhaalde Rosalie.

'Wat was ik?' vroeg Eva verbijsterd en een beetje boos.

'In de auto. Zij probeerde me te vermoorden!' Eva staarde Rosalie ontzet aan.

'Je moet je vergissen', probeerde Sandra haar te kalmeren.

'Nee, heel zeker niet', siste Rosalie en ze liet Eva los om haar krukken te pakken en ervandoor te gaan.

'Dit moet een misverstand zijn', zei Eva verward tegen Sandra. 'Heeft uw vriendin te veel gedronken?' Sandra schudde haar hoofd. Toen ging ze achter Rosalie aan. Iemand moest zich om haar bekommeren.

'Wat was dat?' Rosalie was meteen naar haar woning gelopen en Sandra was haar gevolgd. 'Ben je gek geworden?'

'Die dienster zat bij me in de auto', beweerde Rosalie. 'Ze heeft zich over me heen gebogen net voor ik bewusteloos raakte.' Ze herinnerde zich niet Eva's gezicht. Maar het gerinkel van de armband had haar plotseling heel bekend in de oren geklonken.

'Dat kan toch ook het gerinkel van een sleutelbos of iets anders geweest zijn?' wierp Sandra op. 'En als het toch een armband was, waarom zou het dan deze zijn geweest? Veel armbanden rinkelen zo.'

'Nee!' Rosalie was heel zeker van haar stuk. 'Geloof me, dat geluid herken ik uit de duizenden. Ik voelde ook meteen weer de paniek die ik toen voelde.' De angst stond nog altijd op Rosalies gezicht geschreven. Ze gaf haar lijfwacht de opdracht niet meer van haar zijde te wijken. Sandra slaagde er niet in haar te kalmeren.

Ook Michael geloofde Rosalie niet toen ze hem vertelde dat de nieuwe dienster haar had proberen te vermoorden. Eerst moest de arts tot zich laten doordringen dat Rosalies geheugen was teruggekeerd. Pas dan kon ze hem vertellen dat ze mevrouw Krendlinger verdacht. Rosalie kende Eva toch helemaal niet!

'Misschien is ze wel een psychopate!' zei Rosalie ontzet en ze huiverde.

'Die indruk heb ik niet van mevrouw Krendlinger', protesteerde hij. 'U moet voorzichtig zijn met zulke beschuldigingen. En dat zeg ik u nu als vriend.' Maar Rosalie bleef erbij, ze had het gerinkel van de armband herkend!

'Die dienster is een moordenares!' Michael keek haar nadenkend aan. Toen besloot hij haar een kalmeringsmiddel toe te dienen.

'Ik zie dat u de armband draagt.' Cosima had tijdens Eva's middagpauze met Eva afgesproken voor een wandeling in het park. 'Dat zou Markus heel fijn vinden...'

'Hij wist heel goed wat bij me past', herinnerde Eva zich met een weemoedig glimlachje. 'En wat ik mooi vind...' Ze streelde zacht over de armband.

'Er is me daarstraks wel iets vreemds overkomen', zei ze toen. 'Hoewel, niet echt vreemd, eerder griezelig.' Cosima moedigde haar aan er meer over te vertellen. 'In het restaurant zat die blonde vrouw, die hier in het hotel woont en met krukken loopt...'

'Rosalie, mijn schoondochter', zei Cosima en keek Eva nieuwsgierig aan. 'Wat is er met haar?'

'Ze ging plotseling helemaal door het lint.' Eva vertelde gedetailleerd wat er was gebeurd. En Cosima werd overvallen door paniek.

Sandra vond dat ze niet anders kon dan Lukas de waarheid te vertellen. En dus biechtte ze hem op dat Rosalie zich na haar val weer alles kon herinneren. Gelukkig was hij niet boos dat ze het hem eerst had verzwegen.

'In elk geval staat vast dat het laatste wat ze in de auto hoorde, gerinkel van een armband was.' Volgens Rosalie het gerinkel van de armband van Eva Krendlinger. Ook Lukas zag geen verband tussen beide vrouwen. Hij maakte zich bovendien zorgen om iets anders.

'Als Rosalie haar geheugen terug heeft, betekent dat dat ze binnenkort weer helemaal de oude is. In elk opzicht.' Sandra en hij zouden voorzichtig moeten zijn. 'Voor de moordpoging moesten we in elk geval heel voorzichtig zijn met Rosalie', meende Lukas. 'Dus als alles weer zoals vroeger wordt... Je weet waartoe ze in staat is.' Natuurlijk besefte Sandra dat. Rosalie had haar tenslotte al van een moordpoging beschuldigd...

Cosima besefte al snel hoe de vork in de steel zat. Rosalie herinnerde zich vast het gerinkel van haar armband! Cosima had die armband gedragen toen ze Rosalie had proberen te vermoorden. En nu droeg Eva Krendlinger hem.

'Stel je voor, Rosalie had kunnen ontdekken dat ik de dader was!' zei Cosima paniekerig tegen haar man toen die terug was in het Fürstenhof. Hij was verschrikkelijk slechtgehumeurd.

'Het zal niet lang duren voor duidelijk wordt dat jij die armband aan juffrouw Krendlinger hebt gegeven', zei hij. 'Je moet ervoor zorgen dat Rosalie zwijgt.'

'En hoe dan?' Cosima werd bijna hysterisch. 'Als haar nu iets overkomt...' De politie zou meteen het verband ontdekken. 'Dan hang ik.'

'Nee, geweld is in dit geval inderdaad geen oplossing', gaf hij toe. 'Maar misschien kun je Rosalie een aanbod doen dat ze onmogelijk kan weigeren.'

'Waaraan denk je dan zoal?' Dat wist Götz voorlopig ook nog niet.

'Bedenk maar iets. Wat vindt ze geweldig, waarvoor is ze heel bang...' Hij kende zijn schoondochter onvoldoende om een goed idee te bedenken.

Cosima liep zonder kloppen het kantoor van haar zoon binnen, waar Lukas zat te werken.

'Wat moet je?' vroeg Lukas kortaf.

'Ik wil alleen maar weten hoe het met Rosalie gaat', zei ze vleierig. 'Naar het schijnt was er een vreemd voorval met de nieuwe dienster.'

'Dat weet je dus al?' Lukas zuchtte.

'Eva heeft het me zelf verteld', zei Cosima. Verrast trok Lukas zijn wenkbrauwen op.

'Rosalie voelde zich niet lekker', zei hij vaag. 'Sandra heeft haar naar Michael gebracht. Ze heeft een kalmeringsmiddel gekregen en nu slaapt ze.'

'Was dat alles?' drong zijn moeder aan.

'Wat zou er nog moeten zijn?' vroeg hij argwanend.

'Rosalie heeft toch beweerd dat het arme meisje haar heeft willen vermoorden', antwoordde Cosima gespannen.

'Dat was een vergissing.' Cosima was opgelucht. Rosalie had haar dus nog niet beschuldigd.

'Ach, die arme vrouw heeft de laatste tijd zo veel meegemaakt, niet verwonderlijk dat ze nu af en toe gekke dingen zegt.' Cosima deed alsof ze erg meeleefde met Rosalie.

'Vrees je misschien dat jij de volgende zult zijn die ze zal beschuldigen?' vroeg Lukas spottend.

'Ik heb niets gedaan!' protesteerde ze heftig. 'Helemaal niets! Jullie voortdurende beschuldigingen zijn volledig uit de lucht gegrepen!'

'Je maakt je dus geen zorgen?' drong hij aan.

'Ik hoef me nergens zorgen over te maken', beweerde ze. 'Ik zou alleen niet graag hetzelfde meemaken als Eva Krendlinger. Ze was helemaal van streek.'

'Hoe ken je die Eva Krendlinger eigenlijk?' vroeg hij. Cosima aarzelde, maar vertelde hem toen waarom ze contact had met Eva.

'Het is een ontzettend groot toeval, maar ze blijkt Markus' laatste vriendin te zijn.' Lukas kon het amper geloven.

Toen hij Eva die namiddag in het restaurant zag, stapte hij naar haar toe en stelde zich voor. Ze keek hem even onderzoekend aan.

'Ja, nu herken ik u weer', zei ze toen. Ze had hem op de begrafenis van Markus gezien. Lukas had er toen helemaal anders uitgezien, het was dan ook al tien jaar geleden. 'Ik durfde toen niemand van de familie aan te spreken...'

'U was dus de vriendin van Markus', zei hij en keek haar ontroerd aan. 'Mijn moeder heeft het me verteld.'

'Een bijzondere vrouw', zei Eva. 'Ze had vast een nauwe band met uw broer.'

'Ja', antwoordde Lukas kortaf. Hij wilde het liever niet hebben over Cosima's goede en slechte kanten. 'Ik had u niet herkend', gaf hij toe. Markus had hem nochtans veel foto's van haar getoond. 'Hij was heel verliefd op u.' Haar blik werd weemoedig. 'U lijkt mijn broer nog niet te zijn vergeten...'

'Hij was de liefde van mijn leven', zei ze zacht. 'We waren nog jong, maar ik zal nooit nog iemand als hij ontmoeten.' Ze probeerde de droevige herinneringen uit alle macht van zich af te schudden. 'Maar dat is verleden tijd. Het leven gaat voort.' Ze namen afscheid en gingen weer aan het werk.

11

Rosalie zat die avond op de bank te dommelen toen Cosima de woning in kwam.

'Stoor ik?' Rosalie schudde versuft het hoofd. Het kalmeringsmiddel dat dokter Niederbühl haar had gegeven, leek nog niet te zijn uitgewerkt. 'Hij deed net alsof ik helemaal gek was', klaagde ze.

'Je hebt een wildvreemde ervan beschuldigd je te hebben willen vermoorden', zei Lukas' moeder.

'Ik weet heel goed wat ik heb gehoord', zei Rosalie. 'Mijn moordenares droeg die armband.'

'Daarover wilde ik je spreken. Onder vier ogen.' Rosalie aarzelde. Het idee alleen te zijn met Cosima maakte haar bang. 'Ik wil enkele dingen ophelderen', voegde Cosima eraan toe. Rosalies nieuwsgierigheid nam de overhand en ze stuurde haar lijfwacht naar buiten.

'En?' Cosima keek haar niet langer vriendelijk aan.

'Je hebt gelijk', zei ze koudweg. 'Je hebt het gerinkel van die armband gehoord. Het is namelijk mijn armband. Beter gezegd, het was mijn armband. Ik heb het ding onlangs aan Eva Krendlinger geschonken.' Rosalie sperde geschokt haar ogen open.

'Het klopt dus wat Lukas en Sandra zeiden', zei Rosalie, happend naar adem. 'Jij was het.'

'Ja.' Rosalie werd nu echt bang. 'En als je niet wilt dat ik het nog een keer probeer, luister je nu heel goed naar mij...' Cosima haalde een spuitje uit haar tas. 'Hierin zit kaliumchloride. Veroorzaakt een hartstilstand. Snel en eenvoudig.' Rosalie verstarde. 'Je begrijpt dat ik iets moet ondernemen', ging Cosima op boosaardige toon voort. 'Ik kan niet werkeloos toezien hoe alles in het honderd loopt...' Ze bracht de spuit dreigend dichter bij Rosalies arm. 'Het zou niet lang duren voor je zelf ontdekte dat ik die armband aan de dienster heb geschonken.'

'Waarom gaf je die armband eigenlijk aan haar?' Rosalies stem beefde.

'Uit pure sentimentaliteit.' Rosalie knikte. 'Dit is echter niet het goede moment om je te doden', ging Lukas' moeder onbewogen voort.

'Ik doe alles wat je wilt', verzekerde Rosalie haar, die vreesde voor haar leven.

'Je mag dit niet persoonlijk opvatten.' Rosalie stootte een hysterisch lachje uit. 'Het enige wat me interesseerde, waren je aandelen van het Fürstenhof. Als Lukas die na je dood zou hebben geërfd...' Maar Rosalie had de aandelen nu aan Werner Saalfeld overgedragen.

'Ik weet niet wat me bezielde', zei Rosalie.

'Hoe het ook zij... Ik wil alleen maar dat je inziet dat ik niets tegen jou heb.' Rosalie kreeg weer een beetje hoop. Zou Cosima haar dan toch in leven laten? 'Zolang jij je aan de afspraak houdt die ik je nu zal voorstellen...' Rosalie was tot alles bereid. 'Jij zwijgt en beweert tegen iedereen dat je toch zelfmoord wilde plegen. Uit liefdesverdriet. Omdat Lukas je heeft bedrogen.' In ruil daarvoor, maar alleen onder die voorwaarde, zou Cosima haar schoondochter in de toekomst met rust laten. 'En ik geef je er honderdduizend euro bovenop. Zodat je geen honger hoeft te lijden nu je geen aandelen in het Fürstenhof meer bezit.' Rosalie knikte uitgeput. Ze zou niemand vertellen wat Cosima haar had bekend. Ze was veel te bang voor Lukas' moeder. Het was duidelijk dat die het meende met haar bedreiging.

Sandra zag Eva Krendlinger na haar dienst in de personeelskamer en sprak de dienster nog een keer aan om zich te verontschuldigen voor Rosalies gedrag die middag.

'Ik weet dat u haar niet hebt proberen te vermoorden.' Eva keek haar gekweld aan.

'Nee, zeker niet', verzekerde ze haar. 'Ik vraag me alleen af waarom ze dat dacht.'

'Rosalie heeft de laatste tijd veel meegemaakt...' Dat wist Eva al. 'Iemand heeft haar echt proberen te vermoorden.'

'Verschrikkelijk!' Eva meende het oprecht. Cosima had haar verteld dat haar schoondochter lang in coma had gelegen. Eva kon zich goed voorstellen dat zoiets tot vreemde ideeën leidde. Sandra vond het vreemd dat Cosima met Eva over Rosalie had gesproken.

'Ze praat amper met iemand van het personeel', zei Sandra. 'Zeker niet over haar privéleven.'

'Wij kennen elkaar van vroeger.' Eva aarzelde even, maar besloot dan Sandra de waarheid te vertellen. Het was ook geen geheim. 'Ik was de vriendin van haar zoon Markus tot hij stierf.'

'Lukas' broer?' Sandra keek haar verbaasd aan. 'Dus toen gingen jullie al met elkaar om?'

'Niet echt', zei Eva. 'Maar we denken allebei nog veel aan hem. Daarom heeft mevrouw Saalfeld me ook deze armband geschonken. Die had Markus nog voor mij gekocht voor hij stierf.' Ze toonde het sieraad, dat nog altijd om haar arm zat, glimlachend aan Sandra.

'Heeft mevrouw Saalfeld u die armband gegeven?' Sandra voelde zich alsof haar keel werd dichtgeknepen.

'Weet je wat ik net heb gehoord? Die armband waarvan je het gerinkel herkende, was tot voor een paar dagen niet van Eva Krendlinger, maar van je eigen schoonmoeder.' Sandra was na haar gesprek met Eva meteen naar Rosalie gegaan om haar het nieuws te vertellen. Rosalie zat nog na te trillen van haar gesprek met Cosima en reageerde amper op wat Sandra zei. 'Je weet toch wat dat betekent!' ging Sandra voort. 'Dat bewijst dat Lukas en ik het de hele tijd bij het juiste eind hadden! Het was zijn moeder! Zij heeft geprobeerd je te vermoorden!'

'Dat is een zware beschuldiging', protesteerde Rosalie zwakjes. Sandra keek verbaasd op. Sinds wanneer dacht Rosalie lang na over beschuldigingen? 'Dokter Niederbühl gaf me een kalmeringsmiddel', legde Rosalie uit. 'Omdat hij vindt dat ik overdrijf.'

'Dat dacht ik ook', gaf Sandra toe. 'Maar nu blijkt dat je weleens gelijk kunt hebben.'

'Ik ben er niet meer zo zeker van', zei Rosalie ontwijkend. 'Misschien heb ik me maar wat ingebeeld. Omdat ik het me zo graag zou herinneren.'

'Nu ineens?' Sandra fronste het voorhoofd.

'Ik denk dat ik een beetje van streek ben', ging Rosalie voort. 'Ik kan vast nog niet zo helder denken als ik hoopte.'

'Het klopt wat je zei', drong Sandra aan. 'Nu vallen alle puzzelstukjes op hun plaats. Die feeks bezat ook het slaapmiddel waarmee je werd verdoofd. Dat heeft ze me zelf getoond. Ze dreigde ermee het te gebruiken om Lukas verdacht te maken.'

'Het spijt me, maar ik kan je niet volgen.' Rosalie ging op de bank liggen. 'Ik ben moe.' Er zat voor Sandra niets anders op dan haar alleen te laten.

De volgende ochtend belde Robert vanuit de luchthaven in Parijs. Hij zou zo meteen op het vliegtuig stappen en tegen 's middags in het Fürstenhof aankomen.

'Na zijn getuigenis zal madame Heidenberg geen schijn van kans meer hebben', zei André overtuigd. 'Ze zal worden gestraft voor alles was ze heeft misdaan.'

'Nee, voor alles waarvan ze in dit proces wordt beschuldigd', bromde Werner. Zijn broer zweeg. Hij had al een vermoeden wat er nu zou volgen. 'Dat ze mij heeft gedrogeerd en me zo ontoerekeningsvatbaar probeerde te laten verklaren, daarover wordt met geen woord gesproken.'

'Misschien denkt de openbare aanklager niet dat hij het kan bewijzen.' André voelde zich allesbehalve op zijn gemak. Hij wist dat Barbara Werner met psychofarmaca had proberen te vergiftigen. Maar dat mocht zijn broer nooit te weten komen. 'Wees blij dat Barbara eindelijk veroordeeld zal worden', zei hij. 'Ook al is het niet voor alle misdaden...'

'Het gaat niet goed met uw moeder.' Ben had Götz Zastrow het liefst van al buiten de deur gezet. Maar de advocaat liet zich niet zomaar afschepen. 'Laat u haar nu in de steek?'

'Ik kan toch niet anders?!' Ben wist zichzelf geen raad meer. 'Als ik zwijg...' Hij zou niemand meer recht in de ogen durven kijken. Zijn moeder had tenslotte bekend!

'Als uw moeder wordt veroordeeld, is de kans dat ze zelfmoord zal plegen, heel groot', zei Götz dreigend. 'Ik hoop dat u dat beseft.'

'Dat zegt u alleen maar, zodat ik zwijg', verzette Ben zich.

'Als u dat denkt, goed dan', antwoordde Zastrow theatraal. 'Stap dan naar de rechter en getuig maar. Maar de gevolgen moet u zelf dragen.' Ben beet op zijn lip. 'Maar daarom ben ik ook niet hier. Ik heb uw hulp nodig.' Ben keek hem geërgerd aan. 'Uw moeder wil me namelijk niet langer als advocaat.' Dat vond Ben helemaal niet erg. 'Als ze me nu de laan uit stuurt, is dat hetzelfde als schuld bekennen', zei Götz. 'En dus...' Hij brak zijn zin bewust af en haalde zijn schouders op. 'Dus, hoe zit het? Aan wiens kant staat u?' Ben had het moeilijk met de beslissing.

Sandra had Lukas de vorige avond verteld over de armband en hoe Rosalie daar plotseling heel anders over dacht. Ze hadden het er nu opnieuw over. Sandra vermoedde dat Rosalie gewoonweg bang was voor Cosima.

'Dat is heel verstandig', zei Lukas. 'Ik denk namelijk dat gerinkel van een armband niet wordt beschouwd als een doorslaggevend bewijs als het tot een proces komt.'

'En dat betekent dat je moeder niet kan worden beschuldigd', zuchtte Sandra gefrustreerd. Hij vroeg haar niet te veel tijd en energie in die zaak te stoppen. Ze mochten niet vergeten te genieten van de mooie dingen des levens. En ze moesten dankbaar zijn dat ze elkaar hadden gevonden.

Rosalie had die nacht een besluit genomen. In de voormiddag nodigde ze Lukas' moeder uit voor een gesprek op het terras van het hotel.

'Ik begrijp dat je bang bent.' Cosima keek haar schoondochter glimlachend aan. 'Daarom kunnen we deze zaak beter meteen afsluiten.' Ze haalde haar chequeboekje boven en schreef een cheque van honderdduizend euro uit. 'Dan is alles afgehandeld.'

'Nee, toch niet', zei Rosalie en ze probeerde haar stem niet te laten trillen. 'Ik wil nog iets. Ik wil een bekentenis. Met de hand geschreven. Ik wil die bij de notaris in bewaring geven. Als een soort levensverzekering.' Cosima keek haar niet-begrijpend aan. 'Gewoon, voor de zekerheid', voegde Rosalie eraan toe.

'En als ik nee zeg?' vroeg Lukas' moeder spottend. 'Wat doe je dan? Ik kan me amper voorstellen dat de politie je verhalen ernstig zou nemen.'

'Misschien wel', zei Rosalie zelfverzekerd. Ze vertelde dat Sandra haar had verteld dat ze het slaapmiddel waarmee Rosalie werd verdoofd, bij Cosima had gezien. 'Dus als jij wilt dat ik zwijg...' Rosalie schoof haar schoonmoeder een blad papier en een balpen toe.

Er zat voor Cosima niets anders op. Tegen haar zin schreef ze een bekentenis neer.

'Hier. Nu heb je wat je wilt.' Rosalie las de bekentenis snel door. 'En is die notaris bij wie je het in bewaring wilt geven, te vertrouwen?'

'Ben je bang dat je bekentenis in verkeerde handen valt?' Rosalie lachte. 'Maak je geen zorgen', zei ze dan. 'Ik zal er goed voor zorgen. Het bewijst dat ik niet heb geprobeerd zelfmoord te plegen.'

'Maar dat zul je wel tegen iedereen zeggen, toch?' antwoordde Cosima een beetje nerveus. 'Dat hadden we toch afgesproken?'

‘Ik ben wat anders van plan’, kondigde Rosalie fijntjes aan. ‘Een potentiële zelfmoordenares... Hoe zou die er dan uit moeten zien?’

‘Wat heeft dit nu weer te betekenen?’ stamelde haar schoonmoeder.

‘Dat ik nu alles heb wat ik nodig heb om je aan de politie uit te leveren.’ Rosalie haalde triomfantelijk haar mobieltje tevoorschijn. ‘Tja, lieve Cosima, je spelletje is uit.’

‘Alsjeblieft...’ Cosima keek haar ontzet aan. ‘We hadden een afspraak. Jij krijgt honderdduizend euro als je me niet aangeeft.’

‘Dacht je nu echt dat ik me voor een paar cent liet omkopen? Nadat jij me probeerde te vermoorden?’ Rosalie tikte het nummer van de politie in, maar Cosima rukte het mobieltje uit haar handen.

‘Wat wil je? Zeg het me en ik geef het je.’ Rosalie maakte een afwerend gebaar. Ze wilde gerechtigheid, niets anders. ‘Oké.’ Cosima gaf zich gewonnen. ‘Maar gun me nog één ding. Ik zou Götz en Lukas alles zelf willen uitleggen. Daarna geef ik mezelf aan. Geef me gewoon een paar uur.’ Rosalie keek haar wantrouwig aan, maar besloot het haar te gunnen. Ze zou Lukas’ moeder nog even uitstel geven.

‘Als ik het me goed herinner, heb ik jou de laan uit gestuurd.’ Barbara keek Götz minachtend aan toen een cipier hem de ziekenboeg in bracht.

‘En wie zal je dan verdedigen?’ antwoordde hij. Ze had besloten zichzelf te verdedigen. ‘Daar zou ik nog maar eens heel goed over nadenken.’ Nog voor Barbara kon antwoorden, werd Ben binnengebracht. Haar gezichtsuitdrukking werd meteen vriendelijker.

'Lief dat je bent gekomen', zei ze. Götz liet moeder en zoon even alleen en nam ook de cipier mee naar buiten. 'Dat je bent gekomen...' Barbara keek haar zoon strak aan. 'Betekent dat dat je me begrijpt? En me misschien zelfs kunt vergeven?' Ze zag duidelijk dat hij nog altijd twijfelde. Ze liet hem nog even nadenken en uiteindelijk overwon de liefde voor zijn moeder het. Hij stormde op haar af en vloog haar in de armen.

'Ik wil je niet verliezen', snikte hij. Ook bij Barbara sprongen de tranen in de ogen.

Ze hadden zich dus weer met elkaar verzoend en namen liefdevol afscheid van elkaar toen Götz binnenkwam en zei dat de bezoektijd erop zat. Nadat Ben weg was, verontschuldigde Barbara zich bij Götz. Hij had ervoor gezorgd dat haar zoon haar weer opzocht en dat zou ze nooit vergeten. Natuurlijk mocht hij opnieuw haar advocaat zijn. Ze kusten elkaar passioneel, maar werden onderbroken door het gerinkel van Götz' mobieltje. Cosima belde hem in paniek op. Hij moest meteen terugkeren naar het Fürstenhof. En dat beviel Barbara in geen geval.

'Ik wil niet naar de gevangenis!' Cosima stond voor haar man en was in alle staten. 'Dat overleef ik niet.' Ze had hem net verteld dat Rosalie haar wilde uitleveren aan de politie. En dat ze zo stom was geweest een handgeschreven bekentenis op te stellen. Götz schudde zijn hoofd geërgerd. Hoe kon ze zo dom zijn? 'Rosalie heeft me erin geluisd!' klaagde Cosima met overslaande stem. 'Ik kon toch niet weten dat ze zich niet aan haar woord zou houden? Ze is zo op geld uit.' Ze zag nog maar één uitweg: ze moest er nu onmiddellijk vandoor gaan, voor altijd verdwijnen.

'Als jij de rest van je leven op de vlucht wilt zijn, kun je dat doen.' Götz klonk verbitterd.

'Wat zou jij dan doen in mijn plaats?' vroeg ze.

'Schoon schip maken', zei hij tot haar grote ontzetting. 'Zelf naar de politie stappen en jezelf aangeven. Dat is je enige kans om er zo goed mogelijk van af te komen.' Maar dat zou ze in geen geval doen. Ze smeekte hem met haar mee te vertrekken.

'We kunnen helemaal opnieuw beginnen, op een plek hier ver vandaan, waar niemand ons kent.' Maar daarin had hij absoluut geen zin.

'En wie houdt zich dan met het Fürstenhof bezig?' bracht hij ertegenin. Als ze op de vlucht gingen, zouden ze het geld van het Fürstenhof nodig hebben. 'Bovendien ben ik ziek, vergeet dat niet. Ik wil de laatste maanden van mijn leven niet vluchtend doorbrengen.'

'En blijkbaar wil je ze ook niet met mij doorbrengen.' Cosima was diep gekwetst. 'Je houdt niet van me.'

'Zo mag je het niet bekijken', zei hij snel. 'Maar we moeten ons verstand gebruiken.' Dat wilde ze niet. Ze wilde hier weg. En ze zou van hem scheiden.

Rosalie had de politie al gebeld en gevraagd een agent naar het Fürstenhof te sturen. Ze wilde een verklaring afleggen. Sandra vond het vreemd toen ze het hoorde. Rosalie lachte triomfantelijk.

'Ze kunnen Cosima eindelijk opsluiten', legde ze tevreden uit. 'Ik heb namelijk bewijzen tegen haar.' Sandra begreep er niets van. De laatste keer dat ze met Rosalie over de moordpoging had gesproken, had ze nog beweerd dat ze zich niets kon herinneren?

'Wat ik toen wist, volstond niet voor een aangifte', zei Rosalie. 'Maar nu ben ik erin geslaagd Cosima erin te luizen. Ik heb een schriftelijke bekentenis van haar!' Sandra kon haar oren niet geloven. Had Lukas' moeder toegegeven dat ze Rosalie had proberen te vermoorden?

12

Robert was aangekomen! De voormalige chef-kok van het Fürstenhof was blij eindelijk weer thuis te zijn. Hij werd meteen hartelijk begroet door Alfons Sonnbichler. Alfons wilde meteen weten hoe het met Roberts vrouw Miriam ging, die zwanger was van hun eerste kind.

'Met Miriam gaat het uitstekend.' Robert straalde. 'De artsen hebben ons verzekerd dat alles volledig normaal verloopt. En om eerlijk te zijn denk ik dat ik nerveuzer ben dan Miriam. Ik zou haar nooit alleen hebben gelaten als ik niet moest komen getuigen.'

Cosima stond bij de uitgang van de westelijke vleugel en telefoneerde druk met haar mobieltje. Ze probeerde een vlucht naar Caracas in Venezuela te reserveren, een enkele vlucht uiteraard. Toevallig liep Michael voorbij.

'Wilt u naar Venezuela?' vroeg hij verbaasd toen ze haar telefoontje had beëindigd.

'Ja, ik heb een belangrijke zakelijke afspraak', loog Cosima. 'Is daar iets op tegen?'

'Nee, natuurlijk niet', antwoordde hij verwonderd, maar hij vroeg haar hoelang ze dan precies van plan was weg te blijven.

'Dat hangt ervan af', zei ze ontwijkend.

'Hebt u voldoende geneesmiddelen bij zich?' Ze schrok. Daaraan had ze in alle opwinding niet eens aan gedacht. Hij stelde haar gerust en zei dat het wel geregeld kon worden. Desnoods moest ze van daaruit naar hem bellen, zodat hij haar een recept kon sturen.

Ondertussen klopte Götz aan bij Rosalie. De lijfwacht liet hem binnen.

'Mijn allerliefste schoonvader', begroette Rosalie hem ironisch. 'Waaraan heb ik de eer te danken?' Op zijn verzoek stuurde ze haar lijfwacht naar buiten.

'Cosima heeft me alles opgebiecht', begon Götz. 'Ik ben net zo verbijsterd als jij.' Rosalie snoof minachtend. 'Maar het spijt Cosima ten zeerste wat ze heeft gedaan. Is er echt geen mogelijkheid om de politie hierbuiten te houden? Haar gezondheid kan dit niet aan. De ondervragingen, een proces...'

'Daaraan had ze beter gedacht voor ze me probeerde te vermoorden', antwoordde Rosalie koel.

'Ik ga er ook aan ten onder', zei hij zacht. 'Het idee dat Cosima achter de tralies belandt...' Hij deed alsof hij wanhopig was en instortte. Natuurlijk liet Rosalie zich niet misleiden door zijn krokodillentranen.

'Wat moet jij eigenlijk met die stomme geit?' Rosalie stak haar verachting niet onder stoelen of banken.

Hij gooide het meteen over een andere boeg.

'Laten we het erop houden,' begon hij zakelijk, 'dat ik bepaalde redenen heb om mijn vrouw niet nu te laten verdwijnen. Meer hoef je niet te weten.'

'Ook goed.' Rosalie haalde haar schouders op. De rechercheur kon hier elk moment zijn.

'Cosima bood je honderdduizend euro', zei hij onverwacht. 'Ik vertienvoudig dat bedrag. In haar naam.'

'Een miljoen?' Rosalie hapte even naar adem, maar bedaarde even snel weer. 'Ik laat me niet door mijn eigen moordenares omkopen!'

'Twee miljoen!' Hij merkte dat hij toch haar interesse had gewekt.

'En waar zou jouw vrouw dat geld vandaan halen?' Rosalie keek hem vragend aan.

'Je krijgt je geld', verzekerde hij haar. 'We kunnen misschien in termijnen betalen.' Hij zou ervoor zorgen dat Cosima vandaag nog een schuldbekentenis van twee miljoen euro zou ondertekenen.

Toevallig hoorde Sandra van Michael dat hij Lukas' moeder had ontmoet.

'Mevrouw Saalfeld leek wel op het punt te staan te vluchten', vertelde de arts nog altijd een beetje geërgerd. 'Ze probeerde halsoverkop een vlucht naar Venezuela te boeken, vergat haar medicamenten...'

'Venezuela?' Sandra voelde hoe angst zich als een schokgolf door zich heen verplaatste. Dat kon alleen maar betekenen dat Cosima ervandoor wilde! Haastig belde Sandra Rosalie, maar ze werd verbonden met haar voicemail.

Cosima wilde op de vlucht slaan, het bewees nog maar eens dat ze schuldig was. Sandra voelde haar hart in haar keel kloppen. Hopelijk had Rosalie de politie al gesproken. Sandra kon alleen maar hopen dat ze die heks tijdig konden aanhouden.

Maar Rosalie dacht na het bezoek van Götz heel anders over de gebeurtenissen. Ze verklaarde aan de rechercheur dat ze inderdaad zelfmoord had proberen te plegen. Ze wilde dat het voor eens en altijd op papier stond. Zodat Lukas niet langer verdacht werd. En ook Sandra niet.

Lukas keek zijn vrouw verbaasd aan toen ze het hem vertelde. Hij was opgelucht nu de verdenking niet langer als het zwaard van Damocles boven zijn hoofd hing. Cosima zou hem dus ook niet langer onder druk kunnen zetten met haar valse alibi.

Sandra daarentegen viel uit de lucht toen ze van Lukas vernam wat Rosalie de politie had verteld. Ze had Rosalie verschillende malen proberen te bellen, maar tevergeefs. En nu had Rosalie de politie verklaard dat het toch geen moordaanslag was geweest? Dit kon niet waar zijn!

'Waarom lieg je?' Woedend stond Sandra voor Rosalie. 'Je vertelde me heel triomfantelijk dat je Lukas' moeder erin geluisd had en dat ze zichzelf verraadde. Je wilde haar aangeven voor de moordpoging.'

'Ik vind het echt heel vervelend.' Rosalie deed alsof ze zich schuldig voelde. 'Maar ik vrees dat ik me alleen wat heb ingebeeld.' Sandra keek haar fronsend aan. 'Heb jij al eens geprobeerd zelfmoord te plegen?' vroeg Rosalie. Verbaasd schudde Sandra het hoofd. 'Ik wel. Maar het is moeilijk dat voor jezelf te bekennen. Daarom was mijn geheugen wellicht geblokkeerd. Ik wilde het niet onder ogen zien.' Sandra geloofde er geen woord van.

'Je liegt. Ik weet het.' En daarvoor was maar één reden mogelijk: Cosima had Rosalie bedreigd! 'Je kunt het mij gerust vertellen. Ik weet al langer dan vandaag hoe slecht ze kan zijn. Ik sta aan jouw kant.' Maar Rosalie maakte een afwerend gebaar.

'Begrijp het nu eindelijk. Ik ben blij dat ik dit hoofdstuk kan afsluiten.' Ze had haar lijfwacht al ontslagen. Sandra besefte dat ze op dit moment niets kon doen.

Götz vertelde zijn vrouw aan de telefoon dat het gevaar was geweken. Cosima was al op de luchthaven en stond op het punt in te schepen aan boord van de vlucht naar Caracas. Ze geloofde eerst niet dat de kust veilig was.

'Jij wilde toch dat ik mezelf aangaf?' vroeg ze hem verwijtend.

'Wanneer besef je eindelijk dat ik maar één ding wil en dat is bij jou zijn?' zei hij vleierig aan de telefoon. 'Ik heb je nodig, dat weet je toch. Zeker nu...'

'Oké dan...' Ze schoof haar twijfels aan de kant en besloot hem te vertrouwen. Ze zou zo snel mogelijk terugkeren naar het Fürstenhof.

Hoewel Ben zich met zijn moeder had verzoend, was hij nog altijd vertwijfeld. Nils probeerde hem moed in te spreken. Hij wist hoe het was om in zo'n uitzichtloze situatie te verkeren. Hij had ooit ook gelogen om zijn zus te helpen. Maar tussen Katja en Barbara zat wel één groot verschil: Katja had kunstwerken gestolen, Barbara von Heidenberg werd beschuldigd van poging tot moord.

'Het is moeilijk om afstand te nemen van iemand om wie je geeft', zei Nils. 'Maar heb je er al eens over nagedacht wat er zal gebeuren als je moeder wordt vrijgesproken?'

'Doet iedereen dan een vreugdedansje?' merkte Ben sarcastisch op.

'Ik meen het... Als ze schuldig is, ben je dan niet bang dat ze het opnieuw zal doen?'

‘Wat opnieuw zal doen?’ vroeg Ben geërgerd.

‘Een misdaad plegen.’ Ben werd woedend.

‘Mijn moeder is niet stom!’ riep hij boos. ‘Denk je nu echt dat ze dit nog een keer wil meemaken?’ Bovendien was Barbara al gestraft. ‘Eerst had ze geheugenverlies, nu zit ze al lang in voorarrest...’

Ook in de woning van de Saalfelds ging het maar over één onderwerp: Barbara von Heidenberg. Charlotte en Werner waren heel blij hun zoon Robert eindelijk nog eens te kunnen omhelzen. Maar het proces en de getuigenis die Robert zou moeten afleggen, wierpen natuurlijk een schaduw over zijn bezoek. Toch had Werner champagne besteld en hij stak zijn glas omhoog.

‘Laten we erop drinken dat we binnenkort verlost zijn van de twee grootste kwelgeesten die ik ooit ben tegengekomen: Barbara von Heidenberg en Cosima Zastrow...’

‘... die we hopelijk binnenkort kunnen wegjagen hier’, vulde Charlotte aan.

‘Op het verdwijnen van die twee feeksen’, zei Werner en Robert knikte instemmend. André was minder enthousiast.

‘Zouden we niet beter wachten met feesten tot we zeker zijn van de overwinning?’ wees hij hen terecht. Maar Werner wuifde zijn bezwaren weg. Trouwens, sinds wanneer was zijn broer zo pessimistisch?

‘Juich maar niet te snel’, mompelde Götz, die het gesprek bij de Saalfelds met zijn afluisterapparatuur kon volgen. Toen hoorde hij voetstappen en hij stopte de apparatuur snel in zijn aktetas. Cosima was terug. ‘Daar ben je eindelijk’, begroette hij haar zogezegd opgelucht. ‘Waarom duurde het zo lang?' Cosima bekende dat ze zich nog lang in de buurt van het hotel had verborgen.

'Ik wilde er zeker van zijn dat de politie me niet stond op te wachten', voegde ze eraan toe.

'Gekkerd.' Hij gaf haar een gespeeld liefdevolle kus. 'Ik zei je toch al aan de telefoon dat ze niet meer in je geïnteresseerd zijn.'

'Ik kan het amper geloven', gaf ze toe. 'Hoe heb je voor elkaar gekregen dat Rosalie me niet langer beschuldigt?'

'Dat heb ik niet', antwoordde hij tot haar grote verrassing. 'Dat moet je zelf nog doen. Ik heb haar gewoon een paar beloftes in jouw naam gedaan.'

'Wat heb je haar beloofd?' Cosima was meteen achterdochtig.

'Twee miljoen.' Ze hapte naar adem.

'Ben je gek geworden?' Waar moest ze zo veel geld vandaan halen?

'Ik heb aan alles gedacht...' Hij grijnsde hautain. 'Ik heb een betaling in termijnen afgesproken.'

'Geweldig!' antwoordde ze boos. 'Ik ben failliet.' Hij trok zich niets van haar woorden aan en haalde de schuldbekentenis tevoorschijn, die hij had voorbereid. Hij overhandigde haar ook een pen.

'Kalmeer toch', zei hij. 'Teken dit document en alles komt in orde.' Berustend zette ze haar handtekening onderaan op het document.

'En mijn schriftelijke bekentenis?' vroeg ze toen. 'Die heb je toch teruggevraagd?' Hij ontkende. 'Dan kan ze me de rest van mijn leven onder druk zetten!'

'Het belangrijkste is dat je voorlopig buiten schot blijft', vond hij. 'En als je dat kleine loeder twee miljoen hebt betaald… Ach, het leven is zo onvoorspelbaar, er kan elke dag iets onverwachts gebeuren.'

'Heerlijk gevoel is dat, te weten dat je bijna-ex-vrouw niet langer in de kamer naast je ligt.' Lukas had een uitstekend humeur toen hij zich tegen Sandra aan in bed vleide. Rosalie had haar spullen die dag ingepakt en was in een hotelkamer getrokken.

'Ik kan het maar niet uit mijn hoofd zetten. Ik blijf me afvragen waarom ze heeft gelogen', antwoordde Sandra nadenkend. 'Volgens mij is er maar één mogelijke verklaring en dat is dat je moeder haar onder druk zet.'

'Je denkt te veel na', zei hij. 'En volgens mij zit je er dit keer helemaal naast…'

'Vind je het niet vreemd dat Rosalie er eerst helemaal zeker van is dat ze het gerinkel van die armband in de auto heeft gehoord en even later beweert dat ze zelfmoord wilde plegen?' Sandra kon het niet van zich afzetten en bleef maar piekeren.

'Rosalie was en is nog altijd in de war', daarvan was Lukas overtuigd. 'Waarschijnlijk probeerde ze de zelfmoordpoging te verdringen. Het is nu niet bepaald wat je een fijne herinnering noemt.' Sandra zuchtte luid. Dat argument had ze al vaker gehoord. Maar er waren zo veel aanwijzingen die erop wezen dat Cosima het gedaan had! 'Je vergist je', zei Lukas. Hij kon in elk geval geen reden bedenken waarom Rosalie iemand die haar probeerde te vermoorden, zou beschermen. 'Wees blij dat er eindelijk opheldering is. En bovendien hebben Rosalie en mijn moeder niets in ons bed te zoeken, ik wil het er hier niet over hebben.' Sandra wilde protesteren, maar hij legde een vinger tegen haar lippen en legde haar zo zachtjes het zwijgen op. Ze ontspande zich steeds meer onder zijn liefkozingen.

De volgende ochtend liepen Sandra en Lukas uitgerekend Cosima tegen het lijf toen ze het hotel wilden verlaten. Ze zag er goedgehumeurd uit.

'Ging u niet naar Caracas?' vroeg Sandra onvriendelijk.

'Ach ja, dat liefdadigheidsevenement...' Cosima had natuurlijk een uitvlucht bedacht. 'Ik dacht dat ik hier nuttiger werk kon verrichten.'

'Of hoefde u niet langer onder te duiken?' vroeg Sandra bits. 'Omdat u erin geslaagd bent Rosalie om te praten?'

'Ik hoef deze beschuldigingen niet te pikken', snauwde Cosima en ze keek haar zoon woedend aan. 'Lukas, waarom zeg jij niets?'

'Euh...' stamelde hij. 'Ik vind...'

'Ik vind dat je je vriendinnetje duidelijk mag maken dat ze niet langer valse beschuldigingen naar mijn hoofd mag slingeren', onderbrak Cosima hem en toen ging ze er als de bliksem vandoor.

'Moest dat nu echt?' Hij keek Sandra geërgerd aan. 'Waarom geef je niet toe dat je je in mijn moeder hebt vergist?'

'Jij vergeet blijkbaar hoe vaak ze jou er al heeft ingeluisd', antwoordde Sandra boos. 'Waarom geloof je haar nu wel?'

'Sandra, alsjeblieft...' Hij wilde er niets meer over horen. 'Zolang je geen concrete bewijzen hebt voor je beschuldigingen, zwijg je beter.' Beledigd liet ze hem alleen achter.

'Ik kom je bedanken.' Overdreven vriendelijk glimlachte Cosima naar Rosalie. Die was verrast dat Lukas' moeder zich durfde te vertonen in haar hotelkamer.

'Bedank je echtgenoot maar', antwoordde ze bits. 'En betaal me liever al een deel.'

'Dat zal ik doen', beloofde Cosima haar en ze probeerde zich te beheersen. 'Ik zal Götz je het geld laten geven.' Rosalie knikte tevreden. 'Zolang jij je aan de afspraak houdt en de belastende documenten niet aan de politie overhandigt...'

'... blijven jullie netjes betalen', vulde Rosalie aan en wierp haar schoonmoeder een minachtende blik toe. Ze zou Cosima's bekentenis in een gesloten envelop bij een notaris in bewaring geven. 'Als mij iets overkomt, stapt hij er onmiddellijk mee naar de politie.'

'Wat zou jou overkomen?' siste Cosima tussen haar tanden. 'Als jij je mond houdt...'

Sandra was nog altijd boos. Ze liep door het bos om stoom af te blazen. Zij moest inzien dat ze zich vergiste? O nee, Lukas vergiste zich! Ze was er heel zeker van. Sandra keek op en zag in de verte plotseling Rosalie en Götz Zastrow tussen de bomen. Midden in het bos! Wat had dat te betekenen? Toen zag Sandra dat Götz zijn schoondochter een dikke bundel bankbiljetten overhandigde. Met een triomfantelijke grijns telde Rosalie de biljetten na. Met een schok drong het tot Sandra door: Rosalie had zich laten omkopen!

Zonder erover na te denken dat ze zichzelf mogelijk in gevaar bracht, stapte ze naar de twee toe.

'Je hebt je laten omkopen!' slingerde ze Rosalie naar het hoofd.

'Onzin, ik...' Maar Sandra liet haar niet uitpraten.

'Je ontkent dat Cosima Saalfeld je wilde vermoorden omdat hij je betaalt!' Sandra keek Lukas' vader woedend aan. 'Probeer het nu niet te ontkennen!'

'Het spijt me, maar u ziet dit helemaal verkeerd.' Götz glimlachte minachtend naar haar. 'Ik leen Rosalie alleen maar geld. Ze is namelijk door uw vader haar vermogen kwijt. Mijn vrouw en ik willen haar financieel ondersteunen. Ze is tenslotte onze schoondochter.' Maar Sandra geloofde er geen woord van. Een lening regelde je niet in het midden van het bos!

'Dat je je hiertoe verlaagt!' verweet ze Rosalie. 'Dit is een misdaad!'

'Je begrijpt het niet', beweerde Rosalie en ze vroeg Götz haar alleen te laten met Sandra. Daarna probeerde ze Sandra er opnieuw van te overtuigen dat ze het geld dat ze van haar schoonvader had gekregen, alleen maar leende. Maar Sandra trapte er niet in.

13

'Waarom moet dat vervelende bloemenmeisje toch overal haar neus in steken?!' Cosima spuwde haar gal toen Götz haar vertelde dat Sandra de geldoverdracht had gezien.

'Omdat ze lont ruikt', zei hij droogjes.

'Hebben we al niet genoeg problemen?' snoof ze. 'Een schriftelijke bekentenis en twee miljoen om Rosalie het zwijgen op te leggen.'

'Houd op met dat gejammer', antwoordde hij geërgerd. 'Het is nu eenmaal zo.'

'We moeten haar het zwijgen opleggen', besloot Cosima.

'Ik weet al hoe we haar op andere gedachten kunnen brengen', zei hij. 'Maar ditmaal moet jij het doen. Ik heb andere dingen aan mijn hoofd dan jouw fouten voortdurend op te lossen.'

'Laat me raden: het proces van die Von Heidenberg.' Götz hoorde meteen dat Cosima jaloers was. 'Dat gaat uiteraard voor.'

'Ik ben advocaat en ik heb deze opdracht aanvaard', verklaarde hij plechtig.

'Natuurlijk', zei ze spottend. 'Het is alleen maar omdat het je plicht is, dat je dat serpent opzoekt.'

'Doe ik nog niet voldoende om je mijn liefde voor jou te bewijzen?' vroeg hij verwijtend. Ze nam wat gas terug.

'Ja', gaf ze toe. Ze was hem echt dankbaar. 'En dat terwijl je zelf zo'n grote last te dragen hebt.' Hij was immers ziek. 'Vergeef me.'

'Het is al goed.' Toen vertelde hij haar wat ze moest doen.

'Hij heeft haar geld gegeven?' Lukas viel uit de lucht toen hij hoorde wat Sandra in het bos had gezien. Dat wierp een heel ander licht op de zaak.

'Wat is er nog meer nodig om je te overtuigen?' morde Sandra. 'Rosalie wilde je moeder aangeven, dat heeft ze me zelf verteld. Even later ontvlucht Cosima het Fürstenhof. Maar zodra Rosalie zich heeft bedacht en het bij een zelfmoordpoging houdt, duikt ze weer op.' Lukas kon die feiten niet langer negeren.

'En met dat geld zorgt mijn vader ervoor dat Rosalie verzwijgt wat er echt is gebeurd', vulde hij, nu ook overtuigd, aan. Zijn gezicht betrok.

'Ik weet dat het een vreselijk idee is...' Sandra streelde hem troostend over zijn arm. 'Maar weet je wat me het meeste angst inboezemt? Dat je moeder het ondanks alles opnieuw zal proberen.' Rosalie waande zich veilig. Maar eigenlijk was ze nog altijd in levensgevaar.

'Je hebt gelijk', viel Sandra Lukas bij. 'We moeten met Rosalie praten.'

'Misschien gebruikt ze dan haar verstand en zegt ze toch nog de waarheid', hoopte Sandra.

'Kun je me vergeven dat ik je niet meteen geloofde?' Ze knikte. Het belangrijkste was dat hij haar nu geloofde.

Cosima was bij Rosalie toen Lukas aanklopte. Haastig verstopte ze zich in de badkamer en Rosalie liet hem binnen.

'Ik val maar meteen met de deur in huis...' begon Lukas. 'Laat jij je omkopen?'

'Ik had het kunnen weten dat je vriendin de geruchtenmolen zou voeden', antwoordde ze. 'Dat wilde ik net voorkomen. Ik heb Sandra al verteld dat ik dat geld leen.'

'Je hebt ooit al beter gelogen', zei hij. 'Waarom geef je niet gewoon toe dat mijn vader je omkoopt?'

'Omdat het niet waar is', beweerde ze. 'Jouw ouders willen me gewoon helpen mijn leven een nieuwe wending te geven, ze gunnen me een nieuwe start.'

'Mijn vader gaat helemaal het bos in om jouw geld te geven, zomaar om jou een plezier te doen, zonder dat hij erbij iets wint?' vroeg Lukas spottend. Dat geloofde hij nooit van zijn leven.

'Waarom zeg je alleen maar slechte dingen over hem?' verweet ze hem.

'Omdat ik hem ken', antwoordde hij. 'Rosalie, je onderschat mijn ouders. Zeg me alsjeblieft de waarheid.' Ze deed of ze even twijfelde en in tweestrijd stond.

'Ja, oké, het klopt', gaf ze dan toe. 'Ik heb me door je vader laten omkopen.' Hij verstijfde. 'Ik vond het een soort schadevergoeding', ging ze voort. 'Om in te stemmen met onze scheiding.'

'Wat zeg je?'

'Als ik me van je laat scheiden, krijg ik financiële problemen', legde ze uit. 'Het kan misschien hebzuchtig klinken, maar er is niemand die voor me zorgt.'

'Je bent het eens met een scheiding?' drong hij aan. Ze knikte.

'Je ouders hebben me omgepraat', loog ze. 'Geld helpt daarbij, natuurlijk. Ze wilden je een lang aanslepende scheiding besparen.' Lukas had altijd gedacht dat Rosalie en hij minstens een jaar lang gehuwd moesten blijven voor ze konden scheiden, maar Götz had ontdekt dat er in hun geval een snellere procedure mogelijk was. 'Sandra is altijd de vrouw van je leven geweest. Voor we huwden, meteen na ons huwelijk, terwijl ik in coma lag. Die snellere procedure is gebaseerd op voortdurend overspel.'

'Maar...' Lukas was even van streek door deze nieuwe ontwikkeling. 'Tot nu toe wilde je die scheiding toch niet?'

'Ik heb ingezien dat ik je toch al kwijt ben', antwoordde ze pathetisch. 'Het doet me vreselijk pijn, maar waarom zou ik me vastklampen aan iets wat er niet is?'

'En waarom heb je Sandra dit niet verteld?' drong hij aan.

'Ik had geen zin dit met haar te bespreken.' Rosalie deed alsof het haar allemaal te veel werd. 'Ik wens jou en Sandra het geluk dat wij nooit hebben kunnen bereiken.' Hij begon haar te geloven. En hij was haar heel dankbaar dat ze hem eindelijk losliet.

'Schitterend, liefje', zei Cosima spottend toen ze uit haar verstopplaats tevoorschijn kwam nadat Lukas was verdwenen. 'Ik begon bijna te huilen van ontroering.'

'Bespaar me je sarcasme', zei Rosalie boos. 'Nu ben ik Lukas echt voor altijd kwijt. Dat maakt geen geld ter wereld ooit goed.'

Hoewel Robert blij was dat hij eindelijk tegen Barbara zou kunnen getuigen en dat hoofdstuk uit zijn leven zou kunnen afsluiten, kwamen tegelijkertijd alle nare herinneringen weer naar boven. Hoe hij Miriam op het nippertje had kunnen redden daarboven op de berg... Hoe Barbara had geprobeerd hem neer te slaan met een steen...

‘Weet je wat ik soms denk?’ zei hij tegen zijn moeder. ‘Dat ik pas echt van mijn geluk met Miriam kan genieten als Barbara achter de tralies zit.’

‘Daar zit ze toch al?’ antwoordde Charlotte.

‘Ja, maar zolang die duivelin niet officieel is veroordeeld, waan ik me niet veilig’, zei hij.

‘Maak je geen zorgen’, stelde ze hem gerust. ‘Jij getuigt morgen en die vrouw krijgt haar verdiende straf. We leven tenslotte in een rechtsstaat.’

Toen Robert ’s middags op het terras van het hotel van de zon genoot, kwam Götz Zastrow plotseling naast hem zitten. Robert was al gewaarschuwd dat dit de man was die Barbara verdedigde. Het lag voor de hand dat hij geen zin had met hem te praten. Maar Zastrow liet zich niet zo snel afpoeieren. Hij wilde wat bespreken met Robert.

‘Als ik goed geïnformeerd ben, hebt u in het begin tegenstrijdige verklaringen afgelegd over wat er op de berg is gebeurd’, zei de advocaat fijntjes. ‘Eerst zou u niet gezien hebben dat Barbara van de berg viel, later wel.’

‘Dat is oude koek’, bromde Robert.

‘Ik kan er dus op rekenen dat u morgen de waarheid en niets anders dan de waarheid zult zeggen?’ Robert begreep niet waar hij naartoe wilde. ‘Ik sta er namelijk op een eerlijk proces te voeren’, beweerde Götz. ‘Bij mogelijke tegenstrijdigheden zou ik genoodzaakt zijn, hoe graag ik dat ook vermijd, uw hoogzwangere vrouw als getuige te laten opdraven. Dat zou heel belastend voor haar zijn.’

‘Dat is niet nodig’, zei Robert en liet zich niet provoceren. ‘Miriam heeft al een getuigenis afgelegd bij de openbare aanklager. Maar het is interessant om te horen... Het water lijkt uw cliënte en u al aan de lippen te staan. Als u er al een hoogzwangere vrouw bij moet halen om de zaak te redden... U bent vast wanhopig.'

'Denkt u dat meneer Zastrow mijn vrouw kan oproepen als getuige?' vroeg Robert de openbare aanklager Rosenberg, toen die naar het Fürstenhof kwam om met de voormalige chef-kok van het hotel te spreken. 'Ik zou Miriam het graag besparen.'

'Ik denk niet dat het zover zal komen', antwoordde Rosenberg. 'Ze heeft al een verklaring afgelegd, alleen in geval van tegenstrijdigheden zal die extra uitleg behoeven.'

'Deze zaak is toch zo klaar als een klontje', zei Robert. 'Barbara Von Heidenberg zal toch worden veroordeeld?'

'Ik denk dat het alleen een kwestie van tijd is voor de verdediging het opgeeft.' Dan kon Barbara niet anders dan bekennen als ze de maximumstraf wilde vermijden.

'Die Robert is een harde noot om te kraken.' Götz vertelde Barbara over zijn gesprek met de jonge Saalfeld.

'Zo is hij nu eenmaal', stemde ze met hem in. 'En hij haat me. Hij zal alles doen om mij er zo slecht mogelijk te laten uitkomen.'

'Daartoe zal hij kans genoeg hebben', zuchtte Götz. Maar Barbara had nog iets achter de hand. En daarvan bracht ze haar advocaat nu op de hoogte.

De sfeer tussen Nils en Tanja was al enkele dagen gespannen. Nils had namelijk gezegd dat hij zo snel mogelijk een kind met haar wilde. Fabien had laten horen dat hij nog een broertje of zusje wilde. Natuurlijk sloot Tanja niet uit dat zij en Nils ooit nog samen kinderen konden hebben. Maar op dit moment had ze geen zin in een zwangerschap en ze zag het niet zitten alweer voor een baby te zorgen. Ze was nog altijd maar kamermeisje en wilde meer bereiken in het leven. Ze wilde eerst haar carrière een boost geven en daarna zou ze nog voldoende tijd hebben voor kinderen.

Toen ze hoorde dat het Fürstenhof een nieuw hoofd voor de huishouding zocht, stelde ze zichzelf daarvoor kandidaat. Zonder daarover met Nils te overleggen. En Charlotte Saalfeld bood haar de baan ook aan.

'Ik zou het fijn vinden als je in het vervolg je plannen eerst met me bespreekt.' Nils was duidelijk gekwetst toen ze hem opbiechtte dat ze een nieuwe baan had. 'Ik ben namelijk je man, weet je wel?'

'Het spijt me', verontschuldigde ze zich. Maar ze had niet durven denken dat ze daadwerkelijk een kans maakte. 'Wees alsjeblieft niet boos. 'Je gunt me deze kans toch?'

'Natuurlijk!' Maar uit de manier waarop hij het zei, bleek duidelijk dat hij loog. 'Maar dat verandert niets aan het feit dat je een belangrijke beslissing in je eentje hebt genomen. En als je hier hoofd van de huishouding wordt, kunnen we kinderen helemaal vergeten.'

'Hebben we iets te vieren?' Sandra keek verbaasd op toen Lukas champagne en aardbeien besteld bleek te hebben die avond.

'We hadden het helemaal mis', legde hij dolgelukkig uit. 'Rosalie heeft zich niet door mijn vader laten betalen om te zwijgen. Het beek een financiële compensatie te zijn voor een snelle scheiding.' Hij vertelde Sandra over de mogelijkheid van een snelle procedure. Ze was dolblij dat Rosalie

Lukas eindelijk losliet. 'Maar denk je niet dat ze je met dit verhaal alleen wil afleiden van haar valse verklaring?' Hij schudde krachtig zijn hoofd.

'Ik geloof haar.' Bovendien was het een enorme opluchting voor hem dat zijn moeder toch niet verantwoordelijk was voor een moordpoging. 'En nu hoeven we geen jaar meer te wachten om te huwen.'

'Dat is als een droom.' Ze liet zich zo stilaan meeslepen door zijn geluksgevoel.

Ze kon het amper geloven... Lukas sliep al, maar Sandra kon haar ogen niet van hem afhouden. Ze zouden binnenkort huwen. Dat Rosalie het eindelijk had opgegeven hem terug te winnen... Toch geloofde Sandra nog altijd niet dat Rosalie zelfmoord had willen plegen. De reactie van Rosalie toen ze het gerinkel van de armband hoorde en hoe ze daarna over de moordpoging vertelde, dat kon ze niet hebben verzonnen. En hoe ze vervolgens er heel anders over dacht... Waarom had ze Lukas niet eerder verteld dat ze instemde met de scheiding? En waarom moest die geldoverdracht per se in het bos plaatsvinden? Allemaal onbeantwoorde vragen. Maar Lukas geloofde Rosalie. Waarschijnlijk kon zij dat ook maar beter doen...

Ben weigerde de volgende dag het proces bij te wonen, hoe erg Simon zijn best deed hem ertoe te brengen toch te gaan. Ben wist hoe erg Robert Saalfeld zijn moeder haatte. Hij wilde niet aanzien hoe Robert zijn moeder de grond in boorde. Hij zou het niet kunnen verdragen.

Uiteindelijk kwam ook Götz nog langs en hij slaagde er toch nog in Ben om te praten.

‘Ik heb zo mijn redenen om u in de zaal te hebben’, zei de advocaat geheimzinnig. ‘U weet toch ook dat die Saalfelds niet zo heilig zijn als ze zich voordoen? En Robert al helemaal niet.’ Precies dat zou Götz vandaag voor de rechtbank bewijzen. ‘Dat wilt u toch niet missen?’

Nils was nog altijd uit zijn humeur. Tanja had de hele nacht liggen piekeren en had een oplossing gevonden.

‘Ik besef dat ik je kinderwens niet kan negeren, maar die baan als hoofd van de huishouding is een superkans voor mij’, zei ze bij het ontbijt. ‘Het eerlijkste is dat we samen een keuze maken.’

‘Fijn dat je dat inziet’, antwoordde haar man opgelucht.

‘Ik wil niet dat mijn baan als hoofd van de huishouding onze relatie belast,’ ging ze snel voort, ‘maar jij moet ook een keuze maken. En als die niet overeenkomt met de mijne, zullen we een andere oplossing moeten zoeken.’

‘Wat bedoel je?’ vroeg hij verbaasd.

‘Wat vind jij op dit moment het belangrijkste: dat ik er op werkvlak op vooruitga? Of dat we snel kinderen krijgen?’ Hij vond dit een vervelende situatie. Moest hij nu kiezen? ‘Je weet hoe ik erover denk’, zei ze schouderophalend. Ze had hem al gezegd dat ze nog wilde wachten met kinderen. Nu speelde ze hem de zwartepiet toe.

Sandra verving net een boeket bloemen aan de receptie toen Cosima slechtgehumeurd de lobby in kwam.

‘Goedemorgen, mevrouw Saalfeld’, begroette Sandra Lukas’ moeder en liep naar haar toe. ‘Ik zou u willen bedanken. Lukas en ik zijn heel blij dat we binnenkort kunnen huwen.’

'Fijn', antwoordde Cosima kortaf.

'Er is één ding dat ik niet begrijp', ging Sandra voort. 'Waarom eigenlijk?'

'Waarom wat?'

'U was toch altijd tegen onze relatie gekant?' vroeg Sandra. 'En nu betaalt u zelfs om ons gelukkig te maken?'

'Ik ben van mening veranderd.' Cosima wilde snel doorlopen, weg van die ellendige vragen, maar Sandra was nog niet uitgepraat en hield haar tegen.

'Het is wel heel vreemd dat u net van mening verandert als Rosalie u bij de politie wil aangeven voor een moordpoging.' Lukas' moeder keek Sandra woedend aan.

'In plaats van me te verdenken, zou u beter dankbaar zijn!' siste ze. 'U hebt nu toch wat u wilt!'

'Als ik uw reactie nu zie, vraag ik me toch af of er niet wat anders achter die betaling aan Rosalie zit', daagde Sandra haar verder uit.

'Let op, juffrouwtje!' Cosima's stem klonk schril. 'Als u dergelijke beschuldigingen blijft uiten, dan...' Ze zweeg.

'Dan wat?' Cosima beet verbeten op haar lip. 'Wilt u me alweer bedreigen? Of zult u me uit de weg proberen te ruimen? Zoals u dat met Rosalie hebt geprobeerd?'

'Als u niet ophoudt, zou u van alles kunnen overkomen', snauwde Cosima.

'Dat is zogoed als een bekentenis!' Op dat moment kwam Lukas het kantoor uit en hij zag de twee vrouwen. Hij vreesde het ergste en ging meteen naar hen toe. 'U wilde Rosalie dus echt vermoorden?' hoorde hij Sandra zeggen.

'Hoe durft u me van zoiets te beschuldigen?' Zodra Cosima haar zoon opmerkte, deed ze alsof ze van streek was en bijna een hartaanval kreeg.

'Vreemd, telkens als u in het nauw wordt gedreven, hebt u ineens veel last van uw hart', beet Sandra haar toe.

'Sandra, zo volstaat het!' Vastberaden stelde Lukas zich tussen de twee vrouwen op. Cosima deed alsof ze op het punt stond door haar benen te zakken. Lukas ondersteunde haar. 'Moeder!' Hij wierp Sandra een woedende blik toe. 'Wat heeft dit te betekenen?!'

Nadat hij zijn moeder naar haar kamer had gebracht, liet Lukas Sandra naar zijn kantoor komen en spelde hij haar de les.

'Ik heb vanochtend mijn ouders bedankt voor hun steun', bulderde hij. 'En jij maakt alles kapot!'

'Als jij gelooft dat jouw moeder ineens aan ons denkt, ben je stom', verdedigde Sandra zich. Bovendien had Cosima bijna bekend dat ze Rosalie had proberen te vermoorden, maar toen was hij ertussen gekomen.

'Houd op!' riep hij buiten zinnen. 'Je kunt mijn moeder in haar gezondheidstoestand niet van zoiets beschuldigen!'

'Ik begrijp jou niet!' riep Sandra terug. 'Ben je te laf of trap je echt zo gemakkelijk in je moeders leugens?'

'Ik geloof haar', zei hij. Vervolgens eiste hij dat Sandra zich zou verontschuldigen bij Cosima.

'Vergeet het!' Ze verliet het kantoor en knalde de deur achter zich toe.

14

Niet alleen Robert was zenuwachtig voor zijn getuigenis in de rechtbank, ook André voelde zich niet op zijn gemak. Hij was bang dat zou worden vermeld dat hij op de hoogte was geweest van Barbara's plan om Werner te vergiftigen met psychofarmaca. Hij durfde er niet aan te denken, wat er dan zou gebeuren...

Tijdens zijn ondervraging door Georg Rosenberg antwoordde Robert zakelijk en beheerst op de vragen over wat er op de berg was gebeurd. Hij bevestigde het verhaal van zijn vader en de openbare aanklager knikte tevreden. Toen nam de verdediging het woord.

'Meneer Saalfeld, wat is uw relatie met de beklaagde?' begon Götz.

'Hoe bedoelt u?' vroeg Robert verwonderd.

'Hoe zou u uw relatie beschrijven? Hartelijk? Problematisch?' Robert snoof, maar herpakte zich toen.

'Ik vind mevrouw Von Heidenberg uiterst onsympathiek', antwoordde hij dan rustig. 'Eerlijk gezegd haat ik haar voor alles wat ze mijn familie in het verleden heeft aangedaan. Maar ik zou uitdrukkelijk willen vermelden dat ik me daardoor niet zou laten verleiden tot een valse verklaring over de beklaagde.'

'Dat is heel nobel van u. Helaas is dat nu net wat u wel hebt gedaan.' Robert keek Zastrow ongelovig aan. Ben spitste zijn oren. Charlotte en Werner wisselden een geërgerde blik uit. 'Ik heb in het dossier gelezen dat u al bij de eerste ondervragingen na de feiten hebt gelogen', ging de advocaat op rustige toon voort.

'Ik wilde mijn vader beschermen', verdedigde Robert zich. 'Dat was fout en daarvoor heb ik ook geboet.'

'Die kwestie is afgehandeld, meneer Zastrow', mengde de rechter zich in het gesprek. 'Waarom vindt u dat nog relevant voor dit proces?'

'Heel eenvoudig', antwoordde Götz. 'Ik wil weten of de getuige de feiten objectief weergeeft of dat hij nog een rekening te vereffenen heeft met mijn cliënte.' Hij wendde zich weer tot Robert. 'Meneer Saalfeld, kunt u uitsluiten dat uw haat tegen mijn cliënte persoonlijke redenen heeft? Redenen die u nog niet hebt vermeld in eerdere ondervragingen?'

'Nee', antwoordde Robert. 'Ik geef toe dat ik die vrouw al vanaf het begin onaangenaam en verdacht vond.'

'U hebt dus nooit enige sympathie gevoeld voor mevrouw Von Heidenberg?' drong Zastrow aan.

'Nee.'

'Zou u dit ook onder ede verklaren?' Robert knikte. Hij begreep niet waar de advocaat naartoe wilde. 'Om de getuige niet van meineed te moeten beschuldigen, wil ik hem nog één vraag stellen.' Er verscheen een brede grijns op Götz' gezicht. 'Is het waar dat u een verhouding met mijn cliënte hebt gehad?' In het publiek steeg gemompel op. En Robert staarde geschokt naar Zastrow. Hij zat klem. Götz herhaalde zijn vraag. Robert wierp een snelle blik naar zijn vader, die heftig zijn hoofd schudde.

'Meneer Saalfeld, gelieve te antwoorden op de vraag van de verdediger', maande de rechter hem aan. Robert rechtte zijn rug.

'Ja, ik had een verhouding met haar.' Het rumoer in het publiek werd luider. Charlotte en Werner krompen in elkaar en Ben keek zijn moeder ongelovig aan. Barbara probeerde een grijns te onderdrukken. 'Ik heb met mevrouw Von Heidenberg een verhouding gehad, maar die was van heel korte duur en had niets te betekenen.'

'En waarom hebt u dit tot nu toe altijd verzwegen?' drong Götz aan.

'Omdat het niet belangrijk is', antwoordde Robert koppig.

'Was uw vader, Werner Saalfeld, op de hoogte van die verhouding?' Robert kreeg het niet over zijn hart zijn vader aan te kijken.

'Nee.'

'Uiteraard', merkte Zastrow zelfgenoegzaam op. 'Sommige dingen verzwijgt men beter.'

'Meester, ik zie het verband met dit proces niet', mengde Felicitas Strehle zich in het gesprek. Götz vroeg om een beetje speelruimte en die kreeg hij.

'Meneer Saalfeld, hoe voelde u zich toen mevrouw Von Heidenberg u aan de kant zette en de voorkeur gaf aan uw vader?' ging hij voort.

'Het interesseerde me niet', bromde Robert.

'Denkt u niet dat u daardoor nog altijd wrok voelt en er daarom alles aan zou doen mijn cliënte in een slecht daglicht te stellen?' daagde de advocaat hem nog meer uit.

'Ik haat en minacht die vrouw om heel veel redenen!' barstte Robert uit. 'Maar die hebben niets te maken met onze verhouding!'

‘U stond op het punt meineed te plegen’, zei Götz weldoordacht. ‘Gelukkig kon ik tijdig uw geheugen opfrissen.’ Toen richtte hij zich tot de rechter. ‘Mevrouw Strehle, we zullen de geloofwaardigheid van deze getuige en dus van zijn verklaringen opnieuw moeten bekijken na deze bekentenis.’

‘Dit meent hij niet!’ siste Werner tussen zijn tanden. En ook Robert kookte van woede toen hij naar zijn plaats terugkeerde.

‘Hoe heeft ze jullie allemaal rond haar vinger kunnen winden?’ Charlotte en Werner stonden voor het gerechtsgebouw te wachten op hun zoon. Charlotte was er nog altijd niet goed van. ‘Wat heeft ze van jullie gemaakt? Marionetten!’ Werner zweeg woedend. Toen kwam Robert eraan.

‘Laat me het in alle rust uitleggen’, zei hij meteen.

‘Ik wil maar één ding weten’, zei zijn vader woedend. ‘Wanneer?’ Robert zuchtte.

‘Ik had met haar een verhouding voor jij haar als je nieuwe vriendin voorstelde’, legde hij uit. ‘Ik heb het niet gedaan toen jij een relatie met haar had. Hoe kun je dat ook maar van me denken?’

‘Je had het me moeten vertellen’, bromde Werner. Zijn zoon had hem ontelbare keren verweten zich met Barbara te hebben ingelaten. ‘Hoe kon je zo schijnheilig zijn?’

‘Toen ik iets met haar had, was ze nog een onbeschreven blad’, verdedigde Robert zich. ‘Bovendien gebeurde het eenmalig. Het was een misstap.’

‘Nu maak je het jezelf wel heel gemakkelijk’, snauwde zijn vader.

‘Bespreek dit later maar!’ mengde Charlotte zich boos in het gesprek. ‘We moeten ons nu met belangrijke zaken bezighouden, namelijk het proces! En de afloop ervan.' Ze kon zich zo voorstellen hoe Barbara triomfeerde.

Terug in het Fürstenhof ruzieden vader en zoon voort over Roberts verhouding.

'Je had het moeten ontkennen', vond Werner. 'Je had moeten liegen!'

'En meineed plegen?' bracht Robert ertegenin.

'Dat had hij nooit kunnen bewijzen!' Er bestond geen bewijsmateriaal.

'Ik heb het voor Miriam gedaan', bekende Robert. Zijn vrouw was namelijk de enige die het wist. Hij had het haar verteld en dat had hem veel moeite gekost. 'Stel je voor dat ze Miriam zouden oproepen als getuige en haar zouden ondervragen over mijn verhouding. Dan zou ook zij moeten liegen.' Miriam was door haar stiefmoeder al eerder door de hel gegaan. 'Ik wil mijn zwangere vrouw dat niet nog een keer aandoen. Je hebt zelf ondervonden hoe die Zastrow iedereen onder druk zet.'

'Ik dacht echt dat je slimmer was', snauwde Werner. 'En ik hoop voor ons allemaal dat Barbara hierdoor niet de vrijspraak krijgt. Ik had niets willen weten van die verhouding. En je moeder ook niet.' Hij liep de woning uit.

'Ze heeft me nooit zo in haar macht gehad als jou!' brulde Robert hem na.

Götz was in de wolken met zijn overwinning in de rechtszaal. Hij keerde terug naar het Fürstenhof en stevende meteen de keuken in om André Konopka aan te spreken. Die was stomverbaasd toen hij hoorde dat Robert een verhouding zou hebben gehad met Barbara Von Heidenberg. Hij mocht zijn neef niet echt, vooral omdat hij jaloers was op zijn succes in Frankrijk. Robert had met zijn restaurant in Parijs al twee sterren in de wacht gesleept. Dit had hij echter in geen geval verwacht van Robert.

'Ooit moet iedereen kleur bekennen', zei Götz triomfantelijk. 'De volgende in de rij is je broer zelf.' André slikte. 'Meneer Konopka, vertel me toch iets. Of wilt u nog lang in de schaduw van uw broer leven?' De chef-kok weigerde mee te werken. Zelfs toen Götz hem geld aanbood, veel geld, bleef hij hardnekkig weigeren.

Götz was erin geslaagd een mobieltje de gevangenis in te smokkelen voor Barbara. Ze belde er Ben mee. Hij was heel verbaasd een telefoontje te krijgen van zijn moeder, maar vroeg toen hoe het met haar ging.

'Goed', zei ze. 'Werner was vast razend.'

'Hij ging door het lint.' Ben had Werner goed in de gaten gehouden na de zitting. 'Hij was razend, op jou natuurlijk, maar ook op zijn zoon.'

'We hebben vandaag de wereld duidelijk gemaakt dat Robert een leugenaar is', zei ze triomfantelijk. 'Net als de anderen.' Ben zweeg. 'Maar daarvoor bel ik je niet', ging ze voort. 'Ik wilde je zeggen dat je me kracht geeft door in de rechtszaal aanwezig te zijn, zodat ik je kan zien. Jij bent alles wat ik heb. Jij bent de enige die ik vertrouw. De enige die echt iets voor me betekent.'

'Jij betekent ook veel voor me, mama', zei hij. 'Heel veel.' En natuurlijk zou hij altijd op het proces aanwezig zijn als hij haar daarmee hielp.

'Dank je!' Ze snikte en ditmaal was het oprecht. 'Je weet niet hoe erg ik je nodig heb. Ik was zo bang je te verliezen...'

Robert praatte nog een keer met zijn moeder.

'Barbara was echt een uitstekende verleidster', stelde Charlotte berustend vast. 'En dat is ze vast nog.'

'Ze was toen nog maar net in het Fürstenhof aangekomen', vertelde Robert. 'Ik leerde Miriam pas weken later kennen.' Het was zo lang geleden, het leek wel in een ander leven te zijn gebeurd.

'Toch kan ze het nu tegen je gebruiken', zuchtte ze.

'Je kunt je vast voorstellen hoe kwaad me dat maakt', antwoordde hij boos. 'Die smerige Zastrow! Die man kent echt geen scrupules, geen geweten en geen moraal!' Charlotte voelde zich rot als ze nog maar dacht aan haar ondervraging. Haar zoon bood aan in het Fürstenhof te blijven tot deze nachtmerrie voorbij was.

'En Miriam dan?' vroeg Charlotte. 'Ze mist je vast.'

'We hebben het er al over gehad.' Ook Miriam vond dat Robert nu zijn familie moest steunen zo goed hij kon. Dankbaar greep Charlotte zijn hand.

'En hoe gaat het nu tussen je vader en jou? Hebben jullie het uitgepraat?' Robert haalde zijn schouders op.

'Sinds wanneer zou ik iets met mijn vader kunnen uitpraten?' vroeg hij. 'We hebben elkaar beleefd afgesnauwd.'

'We moeten elkaar steunen', zei ze doordringend. 'Werner is nu eenmaal een temperamentvol man. En een intelligent man. Hij zal zich er wel bij neerleggen. Het komt wel weer goed tussen jullie.'

'Als ik jou was, zou ik me hier geen seconde meer veilig voelen.' Sandra was nog altijd boos toen ze Rosalie later in het park tegenkwam. 'Ik begrijp dat je geld nodig hebt en daarvoor domme dingen doet. Maar je speelt met je leven! Is het je dat echt waard?'

'Zoals je ziet, ben ik helemaal alleen in het park, ik ben een gemakkelijke prooi', snauwde Rosalie. 'Ik kan niet eens wegrennen. Zie ik eruit alsof ik bang ben?'

'Lukas' moeder zal het opnieuw proberen', zei Sandra.

'De enige die me bang maakt, ben jij', antwoordde Rosalie. 'Waar bemoei jij je eigenlijk mee? Je hebt nu toch wat je wilde: Lukas! Je krijgt er bovendien nog een snelle scheiding bovenop. Ik wil je dus niet meer horen!'

Sandra had Rosalie gewaarschuwd, meer kon ze niet doen. Als Rosalie zwijggeld belangrijker vond dan wat dan ook, kon ze haar niet meer helpen. Wat Sandra nog het meest stoorde, was dat ze hierover ruzie had gemaakt met Lukas. Ze was het liefst van al ver weg geweest. Alleen met hem. Waarschijnlijk was hij nog altijd boos op haar. Maar ze kon zich toch niet verontschuldigen voor iets waar ze honderd procent zeker van was! Dat zou zo fout zijn.

Werner bevestigde zijn broer dat Robert inderdaad een verhouding met Barbara had gehad. Werner was er nog altijd razend om. Om hem af te leiden stelde André voor in het restaurant Franse weken te organiseren zolang Robert nog in het Fürstenhof verbleef. Maar Werner had geen zin om zich met de menuplanning bezig te houden.

'Heeft die misstap van Robert gevolgen voor de afloop van het proces?' vroeg André bezorgd.

'Ja, en ik vrees niet in de positieve zin', bromde Werner.

'Vreselijk dat je eigen zoon je een mes in de rug steekt', zei de chef-kok.

'Natuurlijk kwetst hij me daarmee', gaf Werner toe. 'Maar aan de andere kant weet ik maar al te goed dat die vrouw puur vergif is. Wie in haar web verstrikt raakt, betaalt daar vroeg of laat een prijs voor.' Hij staarde somber voor zich uit. 'Soms wou ik dat ik het had gedaan.'

'Waarover heb je het?' Werner leek met zijn gedachten ver weg.

'Ik had haar moeten laten stikken.' Hij schudde alle sombere gedachten echter van zich af en rechtte zijn rug. 'Nee, vergeet het. Ik ben blij dat ik het niet heb gedaan. Ze moest worden gestraft.'

'Heb je het over dat voorval met het kussen, toen je ontdekte dat Sylvia in werkelijkheid Barbara was?' drong André aan. Werner had het hem toen al verteld.

'Ze sliep. Ik stond voor haar. Ik had het gemakkelijk kunnen doen.' Maar hij had het niet gedaan en niemand wist ervan. Zelfs Barbara niet.

'Het is dus alleen maar even in je opgekomen en het zal voor altijd een geheim blijven', zei André.

'Anders zou ik hangen', zuchtte Werner.

De broers wisten echter niet dat Götz elk woord van hun gesprek had gehoord met zijn afluisterapparatuur. Barbara's advocaat was in de zevende hemel. Dit kon hij vast gebruiken in het voordeel van Barbara.

'Werner, het heeft geen zin boos te blijven op Robert.' Terwijl ze samen een kop thee dronken, praatte Charlotte op haar ex-man in. 'Als Barbara er zelfs vanaf de beklaagdenbank in slaagt tweedracht te zaaien tussen jullie, heeft ze zeker gewonnen.'

'Je hebt gelijk', gaf hij tegen zijn zin toe.

‘Die overwinning mogen we haar echt niet gunnen’, drong ze aan. ‘Zij is de vijand! Niet Robert!’ Werner knikte. Hij zou het goedmaken met zijn zoon. Al had hij het steeds moeilijker met de hele zaak.

‘Ik zal het kort houden...’ Werner nam naast zijn zoon plaats aan het tafeltje in het restaurant waar Robert zat. ‘Wat gebeurd is, is gebeurd. En ik ben de laatste die het recht heeft je de les te spellen. Het enige wat nu telt, is dat Barbara veroordeeld wordt.’ Robert haalde opgelucht adem. Hij vermoedde wel dat hij het aan Charlotte te danken had dat zijn vader het hem zo gemakkelijk vergaf.

‘Mama is de beste’, zei hij glimlachend. ‘Ik heb trouwens daarnet met Miriam gebeld. Ze vindt het ook het beste dat ik nog een tijdje hier blijf en jullie steun tot het proces helemaal voorbij is.’

‘Bedankt.’ Werner was duidelijk ontroerd. ‘Je moeder en ik zijn door al die conflicten veel dichter bij elkaar gekomen’, zei hij toen.

‘Hoe dicht?’ vroeg Robert glimlachend. Er verscheen een verlegen glimlach op Werners gezicht. ‘Wie had ooit gedacht dat jullie weer eensgezind zouden zijn...’ Het idee dat zijn ouders het weer goed met elkaar konden vinden, beviel Robert wel. En Werner wilde hem nog iets zeggen.

‘Als je dan toch nog een tijdje bij ons blijft, zou je me een groot plezier kunnen doen...’

Robert stormde de keuken in.

‘Mijn vader heeft me gevraagd jullie te helpen bij de Franse weken’, zei hij vrolijk. Andrés mond viel open. ‘Als jullie dat willen, natuurlijk’, zei Robert terwijl hij zijn oom aankeek. 'Je brengt geen woord uit', stelde hij vast. 'Ik ga ervan uit dat dit een "nee" is?'

'Onzin!' protesteerde André, die zichzelf weer onder controle had. 'Ik kan er alleen niet goed tegen dat iemand in mijn keuken de baas komt spelen.'

'Dat is geen probleem', zei Robert tevreden. 'Ik zal heel stilletjes op de achtergrond werken.'

'Zo hebben wij het wat rustiger', nam Hildegard grijnzend het woord. 'Dat is fijn! Welkom in het keukenteam!'

In werkelijkheid gruwde André ervan te moeten samenwerken met Robert. Maar dat durfde hij alleen aan Simon op te biechten.

'Beschouw het als een kans', zei Simon. 'Je kunt vast nog veel van hem leren.'

'Het is Werner om iets heel anders te doen.' André had een grote vergissing begaan. Die Franse weken waren zijn idee geweest. En nu zadelde zijn broer hem op met die arrogante Robert. 'Hij wil me voor schut zetten.' Simon schudde zijn hoofd. Dat kon hij zich met de beste wil van de wereld niet voorstellen. 'Als ik eraan denk wat ik allemaal voor hem doe!' zei André boos. 'Beter gezegd, wat ik niet doe voor hem en wat ik misschien beter wel zou doen.'

'Waarover heb je het?' vroeg Simon verbaasd.

'Ik weet heel veel', antwoordde zijn vader. 'Veel te veel. Maar ik heb beloofd mijn mond te houden. En dan doe ik dat ook, want ik ben trouw. Maar dan verwacht ik dat anderen ook trouw aan mij zijn.'

'Heeft dit iets met het proces te maken?' Simon vreesde dat zijn vader iets van plan was. Maar André kon zich geen overtredingen of louche zaakjes meer veroorloven. 'Je hebt geen krediet meer! Als je iets weet, moet je het zeggen. Voor je het weet, beland je zelf in de gevangenis!'

'Moet ik me in het strijdgewoel begeven?' André snoof. 'En Zastrow en Von Heidenberg een plezier doen?' Zijn zoon zweeg verbaasd. 'Ik denk er niet aan! Hoewel Werner en zijn wonderkind het wel verdienen.'

15

'Je bent heel overtuigend. Op zowat alle vlakken.' Barbara en Götz lagen in het bed in de ziekenboeg. De cipier had hen een uurtje alleen gelaten. Götz kuste haar en stond toen op om zich weer aan te kleden.

'Die gezichten in de zaal toen die jonge Saalfeld zijn verhouding moest opbiechten...' herinnerde hij zich grijnzend. 'Alleen al daarvoor was het de moeite waard.'

'Die arme Werner', zei Barbara spottend. 'En Charlotte zal ook wel even hebben moeten slikken.'

'Bende huichelaars!' antwoordde hij. 'Wist jij eigenlijk dat Werner je heeft proberen te vermoorden?'

'Werner? Wanneer?' Nu stond zelfs Barbara versteld. Ze wilde er meteen alles over weten.

'Toen hij vernam dat je niet Sylvia was', vertelde Zastrow. 'Hij wilde je in je slaap verstikken. Met een kussen.'

'De klootzak!' barstte ze uit, maar kalmeerde toen weer even snel. 'Maar dat is... dat is geweldig. Dat kunnen we toch tegen hem gebruiken.'

'Vertrouw me nu maar.' Ze sloeg haar armen om Götz' nek.

'Waar was je al die tijd?' zei ze vleiend. 'Waarom heb ik je niet veel eerder leren kennen?'

'Ik krijg je hieruit, dat beloof ik je.' Hij gaf haar nog een liefdevolle kus.

‘Ik begin je langzaamaan te geloven’, antwoordde ze smachtend.

Sandra lag die avond in bed en bladerde lusteloos in een tijdschrift. Waar bleef Lukas toch? Wilde hij niet met haar praten? Was het dan niet mogelijk van mening te verschillen en toch van elkaar te houden?

Precies op dat moment ging de deur van haar kamer open en Lukas kwam binnen.

‘Hallo’, begroette hij haar.

‘Hallo’, antwoordde ze gespannen. Hij ging op de rand van het bed zitten.

‘Denk je dat men van elkaar kan houden als men er een heel andere mening opna houdt?’ Sandra lachte. Ze had zonet precies hetzelfde gedacht. ‘Waarom lach je?’

‘Je lijkt mijn gedachten te kunnen lezen’, antwoordde ze.

‘Betekent dat ja?’ Ze knikte.

‘En als je me nu niet onmiddellijk kust, val ik flauw’, voegde ze eraan toe.

‘Dat risico wil ik niet nemen’, lachte hij lief. ‘Ik ben zo verliefd op je lach. Op alles van je, trouwens.’ Hij haalde een haarlok voor haar gezicht weg. Toen kusten ze elkaar.

Rosalie sliep die nacht slecht. Sandra’s waarschuwende woorden hadden meer indruk op haar gemaakt dan ze wilde toegeven. Ze verscheen bleek en onrustig aan het ontbijt in het restaurant. En daar werd ze uitgerekend door Eva Krendlinger bediend.

‘Dat ik u onlangs beschuldigde... Het spijt me. Ik was in de war.’ Eva aanvaardde Rosalies verontschuldiging meteen.

‘Hoe gaat het nu met u?’ vroeg ze.

'Goed!' beweerde Rosalie en ze glimlachte dapper. 'Ik heb alleen af en toe nachtmerries, steeds terugkerende gedachten, vreemde angsten... Alles wat bij waanzin hoort...'

'U verlangt te veel van uzelf', zei Eva.

'Mijn leven gaat voort', antwoordde Rosalie. 'Ik mag niet voortdurend achteromkijken, ik moet vooruit kijken.'

'Maar u mag uzelf niet dwingen', raadde de dienster haar aan. 'Pas goed op uzelf.' Toen werd ze door een andere gast geroepen en liet ze Rosalie alleen.

'Je ziet er niet goed uit, liefje.' Rosalie kromp in elkaar toen Cosima plotseling aan haar tafel stond. 'Ik laat je meteen weer met rust, je hoeft alleen maar hier je handtekening te zetten.' Lukas' moeder stak haar een paar documenten toe. 'Hiermee geef je Götz de opdracht de snelle procedure voor de scheiding te starten.'

'Waarom zo snel?' vroeg Rosalie argwanend.

'Waarom zo wantrouwig?' reageerde Cosima.

'Misschien omdat ik je absoluut niet vertrouw', zei Rosalie koel. Cosima deed alsof ze gekwetst was.

'Je perst me af, weet je nog wel?' Heel even liet Cosima haar glimlach weg en verscheen weer haat in Cosima's ogen. Het boezemde Rosalie grote angst in.

Ze kon niets beters bedenken dan Sandra op te zoeken in de serre.

'Wat je me gisteren zei, heeft me aan het denken gezet', begon ze benepen.

'Wat mij betreft is deze zaak afgesloten', zei Sandra. 'Ik heb er niets mee te maken, het is jouw leven.'

'Het spijt me dat ik zo onbeschoft was', antwoordde Rosalie. 'Ik vind het net heel lief van je dat je je zorgen om me maakt.' Sandra trok verbaasd haar wenkbrauwen op. Zo klonk Rosalie heel anders. 'Waarschijnlijk ben ik gewoon jaloers', bekende Rosalie. 'Jij bent populair, jij hebt Lukas, jij kunt 's nachts slapen.'

'Dat komt omdat ik me niet inlaat met moordenaars', merkte Sandra op. 'Terwijl jij met je leven speelt en het heel goed weet.'

'Nee!' riep Rosalie wanhopig. 'Ik heb immers een stok achter de deur, wat had je dan gedacht?!' Nu zette Sandra grote ogen op. Ze had het dus de hele tijd bij het juiste eind gehad.

'Cosima heeft je dus toch proberen te vermoorden!' Rosalie besefte dat ze zichzelf had verraden. 'En jij laat haar er ongestraft van afkomen? Jij vindt geld belangrijker?'

'Ik heb geld nodig om te overleven', verdedigde Rosalie zichzelf. 'Mijn aandelen zijn namelijk van je vader nu.'

'Je wordt toch opnieuw manager', bracht Sandra ertegenin. 'Zo verdien je toch voldoende.' Rosalie zweeg. De twee vrouwen merkten niet dat Cosima de serre naderde en de rest van het gesprek kon volgen. 'Zolang die feeks vrij rondloopt, ben jij in levensgevaar', zei Sandra nogmaals. 'Snap je dat dan niet?' Cosima spitste haar oren gealarmeerd. 'Praat met de politie! Geef toe dat het geen zelfmoordpoging was! Geef Cosima Saalfeld aan!' Maar Rosalie wilde het niet. En Lukas' moeder wist genoeg. Ze liep stilletjes weer weg. 'Zoals je wilt.' Sandra gaf het op. 'Riskeer je leven dan maar. Ik heb je gewaarschuwd.'

'Met jouw zoon aan mijn zijde zal ik vast ontspannen kunnen werken', snauwde André toen hij zijn broer toevallig tegen het lijf liep bij de achteringang van het hotel. 'Je bent bedankt!'

'Je stelt het dus niet op prijs, hulp in de keuken?' Werner zuchtte. 'André! Hij is je neef! Laat hem toch. Dan kun jij het een tijdje rustiger aan doen. Dat is toch fijn?'

'Hoelang blijft hij in het Fürstenhof?' vroeg de chef-kok argwanend. 'Misschien wel voor altijd?' Werner schudde geergerd zijn hoofd.

'Roberts vrouw is en blijft in Frankrijk, hij wordt binnenkort vader en dan is hij weer weg.' André hoefde niet zo snel op zijn tenen getrapt te zijn. 'We hebben vaak ruzie, maar ik zou niet verder willen zonder jou en ik zou het ook niet kunnen', zei Werner. 'Wij horen toch bij elkaar? Dacht je nu echt dat ik je opzettelijk voor het hoofd wilde stoten? Jij bent mijn chef-kok!' Dit was precies wat André wilde horen. Hij glimlachte opgelucht naar zijn broer.

'Hebt u over mijn aanbod nagedacht?' Niet veel later was Götz Zastrow in de keuken opgedoken en hij had André meegenomen naar een rustig plekje.

'Daarover hoefde ik helemaal niet na te denken', antwoordde de chef-kok.

'U bent omkoopbaar, u hebt een crimineel verleden en zoals de meeste mensen houdt u van geld', stelde Götz hautain vast.

'Bedankt voor de gratis psychologische analyse, maar ik heb besloten mijn broer niets in de weg te leggen', antwoordde André.

'Waar komt die plotselinge broederliefde vandaan?' vroeg de advocaat en er lag een spottend klankje in zijn woorden. 'U hebt uw broer toch met gevaarlijke middelen tot waanzin proberen te drijven? Toen hechtte u blijkbaar nog niet zo veel belang aan de familieband.'

'U kunt maar beter niet in de val van Von Heidenberg vallen', zei de chef-kok. 'Uw reputatie als advocaat staat hier op het spel.'

'Laten we het eens van een andere kant bekijken: stel dat dat onbeduidende voorvalletje bekend raakt?' André maakte een wegwuivend gebaar. Hij liet zich niet bedreigen. Al helemaal niet door Götz Zastrow.

De advocaat gaf het natuurlijk niet zo snel op en zocht André in de voormiddag zelfs in de privéwoning van de Saalfelds op.

'Wat wilt u?' vroeg de chef-kok geërgerd. 'Wilt u me weer wat informatie ontfutselen?'

'Ik wil u gewoon een klein vermogen aanbieden', antwoordde Zastrow glimlachend. André snoof. 'Wist u eigenlijk dat Barbara nog een ampul in haar bezit heeft van het middel dat jullie gebruikten om Werner tot waanzin te drijven?' ging Götz voort.

'Dat ze het snel zelf inneemt', antwoordde de chef-kok. 'Het kan haar nog van pas komen.'

'En dat op die ampul uw vingerafdrukken zitten, meneer Konopka?' ging de advocaat onverstoord voort. 'Er zijn dus bewijzen tegen u.'

'U bluft', zei André. 'Ik heb alles zelf weggegooid.'

'U geeft het dus toe', stelde Götz vast.

'Ja, ik heb mijn broer psychofarmaca toegediend en hem zo tot waanzin proberen te drijven!' André verloor zijn geduld. 'Maar u kunt het niet bewijzen. Dus? Ander onderwerp.' Maar Götz Zastrow liep zonder een woord te zeggen naar de plek waar hij de afluisterapparatuur had verborgen. Hij haalde het apparaatje tevoorschijn en toonde het André.

'Hebt u er enig idee van wat dit is?' André werd bleek. 'Hartelijk bedankt. Elk woord van dit gesprek werd opgenomen.' De chef-kok was in Götz' val getrapt.

'Waar bewaart u de opname?' André greep de advocaat bij de kraag.

'Op een veilige plek. Maar deze mag u houden.' Götz stak hem het apparaatje onder de neus.

'U houdt me voor de gek', zei André razend. 'Afluisteren is illegaal. Ik kan u aangeven. Dan kunt u het vergeten nog langer advocaat te zijn.'

'Wat maakt mij dat uit?' Zastrow bleef er gelaten onder. 'Dit is toch mijn laatste zaak. Maar u, mijn beste, staat een klacht voor opzettelijke slagen en verwondingen te wachten. In combinatie met uw voorwaardelijke straf betekent dat vast een paar jaartjes brommen.'

'Klootzak!' André besefte dat hij het onderspit delfde. 'Wat wilt u?'

'Ik wil dat u als ik u oproep als getuige, voor de rechtbank verklaart dat Werner Saalfeld zijn vrouw Barbara met een kussen wilde verstikken in haar slaap.' Andrés adem stokte. Ook dat gesprek had Götz dus afgeluisterd. 'Aan u de keuze: u belast uw broer of ik belast u.' De advocaat keek hem uiterst tevreden aan.

Lukas reageerde verrast en weinig enthousiast toen hij aan de receptie Philippe Octoir ontmoette. De man was echter bijzonder vriendelijk tegen Lukas.

'Dat is lang geleden', zei hij grijnzend en hij stak zijn hand naar hem uit. Lukas keek hem koel aan.

'Hoelang denk je hier te blijven?' vroeg hij toen.

'Neem je me het nog altijd kwalijk?' vroeg Philippe.

'Daar heb ik alle reden toe', vond Lukas en zei tegen Alfons dat meneer Octoir niet langer dan één nacht zou doorbrengen in het Fürstenhof. 'Als ik je hier morgenmiddag nog zie, bel ik de politie.' Hij draaide zich om en liep het kantoor in. Octoir keek hem even bezorgd na, maar wendde zich toen weer tot meneer Sonnbichler. 'Iedereen heeft weleens een slechte dag', zei hij tegen Alfons, die het gebeuren geërgerd had gevolgd. 'Maar als hij van mijn nieuwe project hoort, zal hij wel bijdraaien.'

Philippe pakte snel zijn spullen uit en ging op zoek naar Sandra. Ze zat nog in de serre.

'Hoe durft u zich hier nog te vertonen?!' Ze keek hem woedend aan.

'Mea culpa, prinsesje', zei hij berouwvol. 'Ik heb er spijt van en wil het weer goedmaken.'

'Verdwijn!' snauwde ze hem toe. 'Door u zat Lukas bijna in de gevangenis!'

'Daarom ben ik ook hier', zei hij. 'Ik heb nog wat goed te maken met hem.' Hij vroeg haar een goed woordje voor hem te doen bij haar vriend zodat hij met Philippe wilde praten. 'Het is ook in uw eigen belang', drong hij aan. 'Ik heb namelijk een onweerstaanbaar aanbod voor hem.'

Lukas lachte spottend toen Sandra hem vertelde dat Philippe haar had opgezocht.

'Die kerel heeft me in de steek gelaten', zei hij boos. 'We hadden een duidelijke afspraak.'

'Die fraudezaak', herinnerde ze zich nog.

'Waarover niemand ooit iets te weten zou komen', bromde Lukas. 'Hij zou zijn zeventigduizend euro die ik hem na het faillissement van mijn zaak nog verschuldigd was, terugkrijgen en ik was uit de schulden.' Ze zouden samen een productiefirma beginnen en zo Lukas' schulden aflossen. 'Het was voor ons allebei een goede zaak.'

'En waarom is het dan mislukt?' vroeg ze. Hij haalde zijn schouders op. Hij wist het nog altijd niet. 'Vraag het hem dan rechtuit', zei ze. 'Bovendien is hij hier om je een aanbod te doen. Een onweerstaanbaar aanbod, noemde hij het.'

Nadat Cosima het gesprek tussen Sandra en Rosalie had afgeluisterd, was ze vreselijk ongerust. Ze besloot haar schoondochter aan de tand te voelen. Overwoog Rosalie zich niet te houden aan hun afspraak?

Rosalie had Cosima meteen door.

'Jij bent nog altijd bang dat ik met jouw bekentenis naar de politie stap', stelde ze vast.

'Waarom zou je dat doen?' vroeg Lukas' moeder zo onschuldig mogelijk.

'Omdat ik net zo onberekenbaar ben als jij. Ik vind het leuk je te zien afzien.' Rosalie keek haar vol haat aan. 'Jij wilde me vermoorden. Jij hebt ervoor gezorgd dat ik maandenlang in coma lag. Dat vergeef ik je niet. Nooit.' Cosima had er vreselijke moeite mee zichzelf te beheersen.

'Haat, mijn liefste, vergiftigt de ziel', zei ze vleierig. 'Wie haat, wordt eenzaam...'

Hoe erg Rosalie ook haar best deed zich sterk voor te doen, in werkelijkheid voelde ze zich hulpeloos en eenzaam. Niemand kon haar troosten. Ze had André Konopka gevraagd haar gezelschap te houden, maar de chef-kok had haar moe afgewezen, hij had op dit moment wel wat anders aan zijn hoofd. Dus zat ze alleen in de bar met een fles rode wijn die ze al half alleen had opgedronken.

'Alcohol is geen oplossing, mevrouw Zastrow.' Michael stond plotseling naast haar. 'Voor geen enkel probleem.'

'Me de les spellen ook niet', antwoordde ze bits. 'Dat mag alleen degene die het bed met me deelt.' Hij stak zijn handen afwerend in de lucht. 'Ik dacht het wel.' Ze snoof minachtend. Toch zette hij zich naast haar en vroeg de barman om een extra glas. Hij schonk het vol met haar rode wijn.

'Proost.' Hij stak zijn glas omhoog.

'Op mijn mislukte leven', antwoordde ze sarcastisch.

'Wat is het probleem precies?' vroeg hij oprecht geïnteresseerd.

'Daarvoor hebt u te weinig tijd', zei ze. Maar hij bleef aandringen en stelde haar zelfs voor de avond met hem door te brengen. Toen ze dat hoorde, klaarde Rosalies gezicht plotseling weer op.

Cosima deed haar beklag bij Götz.

'Rosalie stelt onze afspraak in twijfel. Ze wil dat ik voortdurend bang ben dat ze naar de politie zal gaan.' Hij trok zijn wenkbrauwen op.

'En twee miljoen aan haar neus voorbij zien gaan? Dat geloof je toch zelf niet.' Maar de tranen stonden Cosima in de ogen.

'Lukas' vriendin zet haar tegen me op. Ik heb het zelf gehoord.' Götz keek haar verbaasd aan. Wat wist Sandra van hun afspraak? Dat wist Cosima ook niet. 'Rosalie klinkt helemaal anders dan vroeger. Ze haat me.'

'En ze is dol op geld', bromde hij. 'Dus houd op met jezelf zo druk te maken.'

'En wat als ze wraak op me wilt nemen?' vroeg ze. 'Wat als ze dat belangrijker vindt dan het geld?' Haar gejammer werkte Götz op de zenuwen.

'Ik bedenk wel wat', zei hij. 'En wees nu eindelijk kalm.'

'Ik ben bang!' riep ze vertwijfeld.

'In het ergste geval kan ik nog altijd getuigen dat ze je tot een bekentenis heeft gedwongen. Wat mij betreft hield ze zelfs een pistool op je gericht.' Cosima staarde haar man ongelovig aan.

'Je neemt me niet ernstig', verweet ze hem.

'Ja, ik heb het er moeilijk mee', gaf hij toe.

'Boven jou hangt dan ook niet het zwaard van Damocles', zei ze vol zelfmedelijden.

'Nee, ik kan alleen maar doodgaan.' Ze verstarde. Opnieuw was ze even vergeten hoe ziek hij was.

'Sorry, vergeef het me', fluisterde ze beschaamd. 'Wat ben ik toch vreselijk.'

'Toch niet...' Hij stak zijn hand naar haar uit. 'Kom hier.' Hij nam haar in zijn armen en streelde haar zacht over haar haren.

'Ik moet veel meer rekening met je houden', zei ze. 'Je bent er veel erger aan toe dan ik.'

'De pijn is draaglijk', loog hij. 'Als jij maar bij me bent. Elke dag met jou is gewoon prachtig. Een geschenk.'

'Zo voel ik het ook', zei ze verliefd. 'Als ik me voorstel...'

Vertwijfeld sloeg ze haar armen om zijn nek. 'Hoe kan ik zonder jou voortleven?'

'Daaraan mogen we nog niet denken.' Hij drukte haar tegen zich aan, zodat ze de grijns op zijn gezicht niet kon zien. 'Laten we genieten van de tijd die ons rest.'

16

'Een heel goedemorgen!' Breed glimlachend kwam Philippe Octoir het kantoor binnen en hij wapperde veelbelovend met een map.

'Was ik niet duidelijk, misschien?' Lukas keek de ongenode gast woedend aan.

'Doe niet zo moeilijk, man. Heeft Sandra met je gesproken?' Octoir liet zich niet zo snel uit het lood slaan.

'Dat was verdomd achterbaks, haar benaderen omdat je bij mij bot vangt. Maar ja, achterbaksheid hoort nu eenmaal bij je.' Philippe zuchtte.

'Oké, laten we dit voor eens en altijd oplossen', stelde hij dan voor en hij stak Lukas zijn wang toe. 'Sla maar!' De manager keek hem verwonderd aan. 'Kom op, sla dan!' drong Octoir aan. 'Dan voel jij je beter en ik waarschijnlijk ook.' Tegen zijn zin moest Lukas grijnzen.

'Je bent en blijft een idioot', stelde hij vast, maar de agressie was weg. Hij stak zijn hand uit naar de map die Philippe vasthad. 'Laat me eens kijken. Wat heb je me te bieden?'

'Ik zweer het je, een goudmijn!' Octoir sloeg de map enthousiast open.

'Een echt pronkstuk.' Lukas was met de informatie van Philippe meteen naar Sandra gegaan. Octoir had in het Reuzengebergte een prachtig oud klooster ontdekt dat te koop stond. Hij had zijn oude makker voorgesteld het klooster om te bouwen tot een luxehotel.

'We stellen een gedetailleerd businessplan op en sluiten een lening af.' Lukas was meteen gewonnen voor het idee. Philippe wilde alleen stille vennoot zijn. 'Jij en ik zullen het hotel leiden.'

'Dat zou geweldig zijn...' zei Sandra aarzelend. Het idee het Fürstenhof te moeten verlaten, greep haar aan. 'Willen we dat wel?'

'Ik wel', zei hij. 'Voor mij is dit een geschenk uit de hemel.' Hij wilde weg van zijn ouders. En hij wilde zijn eigen baas zijn. 'Dan kan ik eindelijk doen wat ik denk dat juist is en hoef ik me niet voortdurend te rechtvaardigen.'

'Klinkt spannend', gaf ze toe.

'Zie je het al voor je?' Hij keek haar hoopvol aan. En ze knikte.

'Als het is zoals ik het me voorstel, doe ik mee.' Hij omhelsde haar dolgelukkig.

'Wat is er met je aan de hand?' Werner keek zijn broer onderzoekend aan. De twee mannen brachten de avond samen door en Andrés hand beefde zo erg dat de wijn in zijn glas eruit spatte. 'Je doet al de hele avond zo vreemd. Heb je ruziegemaakt met Robert in de keuken?' De chef-kok schudde zijn hoofd.

'Je zoon houdt zich merkwaardig genoeg goed op de achtergrond', zei hij.

'Wat is er dan?' vroeg Werner. André zuchtte. Hoe kon hij Werner de waarheid opbiechten? Maar net toen hij wilde praten, kwam Charlotte de kamer binnen. Ze zocht haar valeriaandruppels. Ook de twee mannen namen het kalmeringsmiddel de laatste tijd regelmatig. 'Het proces grijpt ons allemaal aan.'

'Ik wou dat ik die vrouw nooit had ontmoet', zei André toen Charlotte de kamer weer uit was.

'Barbara?' Werner keek hem verbaasd aan. 'Jij had nog het minst van al contact met haar.'

'Toch heeft ze ook op mij invloed gehad.' De chef-kok schraapte zijn keel. 'Weet je nog, die keer dat je dacht dat je je verstand zou verliezen?

'Dat vergeet ik nooit meer.' Werners gezicht betrok. 'Ze kon me niets ergers aandoen.'

'Is een moordpoging niet nog erger?' protesteerde André. 'Ze wilde je doden!'

'Dat gebeurde in een opwelling', zei zijn broer. 'Omdat ik haar aan de politie wilde uitleveren. Dat had ze niet gepland. Maar dat toedienen van die psychofarmaca deed ze met voorbedachten rade. Ze wilde me echt tot waanzin drijven.' De chef-kok zweeg betrapt. 'Je weet zelf hoe erg ik daaronder heb geleden', ging Werner voort. 'Dag na dag, week na week. Dat was zo gemeen, zo lang op voorhand voorbereid... Daarvoor wens ik haar naar de hel.' Als André al de moed had gehad zijn broer op te biechten wat zijn rol in die hele kwestie was geweest, durfde hij het nu helemaal niet meer.

Michael had zich aan zijn woord gehouden en Rosalie tot laat in de nacht aan de bar gezelschap gehouden. Ze was dronken en zong luidkeels. Er zat voor hem niets anders op dan haar naar bed te brengen.

'Blijf hier, alsjeblieft!' smeekte ze lallend toen ze haar kamer hadden bereikt. 'Kom bij me liggen. Er is plaats genoeg.'

'Daaraan hebben we allebei niets', zei hij lachend.

'Niemand ziet me graag', jammerde Rosalie. 'Sandra ook al niet. Ze laat met gewoon in de steek. Het kan haar niets schelen of ik doodga.' Michael fronste zijn voorhoofd. Waarover had ze het? En waarom wilde ze eigenlijk dat hij bij haar bleef? 'Bescherm me, alsjeblieft, alsjeblieft!'

'Waarvoor bent u bang?' vroeg hij.

'Ze willen me doden', klaagde ze.

'Wie wil u doden?' Maar Rosalie dommelde in.

'Dood', mompelde ze nog amper verstaanbaar. 'Morsdood.' Hij begreep er niets van.

De volgende ochtend sprak hij Sandra aan over wat Rosalie had verkondigd. Die aarzelde heel even, maar was in feite heel blij dat ze eindelijk iemand in vertrouwen kon nemen.

'Het was geen zelfmoordpoging', zei ze. 'Cosima Saalfeld wilde Rosalie doden.' Michael werd bleek. 'Ik heb het altijd al vermoed, maar kon het niet bewijzen.'

'En kunt u dat nu wel?' vroeg hij geschokt.

'Ik niet, maar Rosalie wel. Maar ze laat zich omkopen.' Dokter Niederbühl kon amper geloven dat Rosalie geld verkoos boven het straffen van degene die haar had proberen te vermoorden. 'Ik heb echt alles geprobeerd, maar tevergeefs. Ze wil niet naar de politie stappen.'

'Daarom wilde mevrouw Saalfeld plotseling naar Caracas vertrekken...' Nu werd Michael alles duidelijk.

'Ze wilde op de vlucht slaan', bevestigde Sandra. 'Maar ze heeft zich bedacht en ze heeft haar vrijheid met geld teruggekocht.'

'Dat kunnen we toch niet toelaten', vond hij. 'Wat vindt Lukas daarvan?'

'Ik kan er met hem niet over praten', zuchtte ze. 'Hij gelooft dat zelfmoordverhaal en is blij dat hij zijn moeder niet als een moordenares hoeft te bekijken.'

'Dat verklaart ook waarom Rosalie bang is dat iemand haar wil doden', mompelde hij nadenkend. Rosalie had vast belastend materiaal tegen Lukas' moeder in haar bezit. Ze had Sandra ook gezegd dat ze zich had 'verzekerd'. Ze moesten snel te weten komen waarmee Rosalie Cosima onder druk zette...

Toevallig had Lukas' moeder die dag een afspraak bij dokter Niederbühl. Ze had een nieuw recept nodig voor haar geneesmiddelen.

'Vertel eens...' Michael keek haar aandachtig aan. 'Ik maak me zorgen om uw schoondochter Rosalie.' Cosima kromp duidelijk in elkaar bij het horen van de naam 'Rosalie'. 'Ik heb de indruk dat ze een beetje somber is', ging hij voort. 'Weet u wat er aan de hand is?'

'Waarom vraagt u dat aan mij?' vroeg Cosima onzeker.

'Jullie konden het toch altijd goed met elkaar vinden?' vroeg hij.

'Ik kan u helaas niet helpen', zei ze.

'Waarschijnlijk heeft ze haar zelfmoordpoging nog niet verwerkt.' Cosima deed haar best rustig te blijven. 'Het valt niet mee de dood in de ogen te kijken en jezelf zo'n daad te vergeven. Soms helpt het je geweten dan een beetje te ontlasten.' De dubbelzinnigheid van zijn woorden ontging haar niet. Haar keel voelde alsof ze werd dichtgeknepen. En opnieuw zag ze de oude Korbinian voor zich, Michaels vader. Ze had hem laten sterven. 'Mevrouw Saalfeld? Is alles oké?' Ze sprong geschrokken op.

'Ja, ja', zei ze snel. 'Excuseer, maar ik heb een dringende afspraak.' Ze liep naar de deur.

'U wilt toch niet weer holderdebolder naar Venezuela vertrekken, zoals vorige keer?' Ze bleef aan de grond genageld staan. 'Toen was u uw geneesmiddelen ook bijna vergeten.' Hij liep naar haar toe en gaf haar het recept.

'O ja, dank u.' Toen snelde ze de spreekkamer uit.

Michael was blij dat hij Lukas' moeder een beetje angst had aangejaagd. Hij zou ook bij Rosalie het onderwerp nog eens ter sprake brengen. Ze zat een beetje verveeld met haar gedrag van de vorige avond, maar hij slaagde er snel in haar te kalmeren. Hij stelde haar voor die avond samen naar het theater te gaan. Blij verrast nam ze zijn uitnodiging aan.

Cosima was er in de lobby getuige van dat de twee met elkaar afspraken. Ze voelde zich steeds minder op haar gemak. De strop om haar nek leek strakker en strakker te worden aangehaald.

Charlotte zocht Michael op in zijn praktijk om zich een slaapmiddel te laten voorschrijven. De valeriaandruppels volstonden bij al deze opwinding niet langer.

'Wat zou je ervan vinden als ik je tegenstandster alsnog ten val kan brengen?' vroeg Michael haar op de man af.

'Je bedoelt Cosima?' Hij knikte.

‘Voor de moord op mijn vader.’ Hij had het eerder al een keer proberen te bewijzen, maar dat was toen mislukt. ‘Ik heb nu iets vernomen wat mijn verdenking alleen maar bevestigt. Heel erg zelfs.’

‘Maar je hebt nog altijd geen doorslaggevend bewijs?’ vroeg ze doordringend.

‘Ik niet, maar Rosalie Zastrow misschien wel. Ze moet iets achter de hand hebben waarmee ze haar schoonmoeder schaakmat houdt.’ Charlotte kon er geen touw aan vastknopen, maar Michael kon en wilde niet nader in detail treden, voorlopig toch nog niet. ‘Ik zal in elk geval hemel en aarde bewegen om die moordenares alsnog haar rechtmatige straf te bezorgen.’

‘Hebt u al beslist?’ André zat op een bank in het park en staarde voor zich uit. Hij schrok op toen Götz Zastrow uit het niets opdook en hem aansprak. Die man was ook overal aanwezig.

‘Vergeet het’, beet de chef-kok hem toe. ‘Ik beschuldig mijn broer niet.’

‘Dapper, heel dapper’, zei de advocaat spottend. ‘U offert zichzelf dus op voor uw broer?’

‘Laat hem ons gesprek maar horen’, zei André verslagen. ‘Het maakt mij niet meer uit. Of hij het hier of in de rechtbank hoort, het komt op hetzelfde neer.’

‘Niet helemaal, mijn vriend’, sprak Götz hem tegen. ‘Voor de rechtbank leidt het sowieso tot een klacht tegen u. Het is nog maar de vraag of uw broer u zal aangeven als hij het buiten de rechtszaal hoort.’ André zweeg. ‘Wat denkt u van een compromis?’ stelde Zastrow voor. ‘Ik zou u in de getuigenbank op dezelfde manier kunnen aanpakken zoals ik uw neef heb aangepakt.'

'Wat is het verschil?' bromde de chef-kok. 'In alle gevallen moet ik mijn broer beschuldigen.'

'Maar niet vrijwillig, want ik dwing u er dan toe tijdens uw verhoor', verklaarde Götz zelfingenomen. 'U hebt bij die jonge Saalfeld toch al gezien hoe goed ik dat doe. Het heeft voor u zelfs twee voordelen: ten eerste blijft uw samenzwering met mijn cliënte ons geheimpje en ten tweede zal uw broer niet u, maar mij haten.'

'Je wilde me spreken?' Philippe had plaatsgenomen op de stoel voor Lukas' bureau en keek de manager verwachtingsvol aan. Die knikte langzaam en zei toen: 'Ik zie er wel wat in.' Octoir juichte innerlijk. 'Maar ik heb één voorwaarde: ik sluit geen nieuwe deal met je voor ik weet wat er is misgelopen bij de vorige.'

'Dat wil je niet weten', zei Philippe, maar Lukas stond erop. 'Oké, oké... Zeventigduizend euro is heel veel geld en ik zat in geldnood. Het duurde maanden voor ik met mijn filmbedrijfje geld begon te verdienen.'

'Dat wist je vooraf en je stemde er zelf mee in', bracht Lukas ertegenin.

'Tot ik een beter aanbod kreeg', zei Philippe. 'Zeventigduizend plus nog een mooie som erbovenop.'

'Wie bood je dat?' vroeg Lukas benieuwd.

'Je moeder.' De manager keek hem geschokt aan.

'Jij hebt je laten omkopen door mijn moeder?' bracht hij stamelend uit.

'Ik begrijp best dat je nu razend op me bent', zei Octoir. 'Maar nu weet je tenminste wat je van je moeder kunt verwachten.'

'Dat wist ik zo ook al', gromde Lukas.

'Dan begrijp ik niet dat je met haar onder één dak blijft wonen.' Lukas vertelde hem wat er allemaal was gebeurd in tussentijd: Rosalie, het ongeval, de maanden dat ze in coma had gelegen. 'Ik begrijp het.' Philippe knikte. 'Maar als Rosalie je nu niet meer nodig heeft, zal mijn voorstel je toch nog meer bevallen. Dit project biedt jou en Sandra de unieke kans om het Fürstenhof eindelijk de rug toe te keren.' Dat kon Lukas niet tegenspreken. Hij moest echter eerst het nieuws verwerken dat zijn moeder en zijn oude makker hem hadden verraden...

'Het wordt hier steeds gevaarlijker! Ze zijn ons op het spoor en drijven ons in het nauw!' Cosima bestierf het bijna van de zenuwen.

'Over wie heb je het?' vroeg Götz en hij ergerde zich omdat ze hem had gestoord tijdens een telefoontje met Barbara.

'Rosalie en de dokter! Ze zijn iets van plan. Ik weet het, ik voel het gewoon.'

'De dokter?' Geamuseerd schudde Götz het hoofd. 'Maak je toch niet belachelijk.'

'Toch is het zo', drong ze paniekerig aan. 'Je moet ze tegenhouden!'

'Ik moet helemaal niets. Of toch wel, mijn cliënte opzoeken.' Cosima klampte zich vast aan zijn arm.

'Altijd die Von Heidenberg', jammerde ze. 'Ik ben je vrouw, ik! Je moet mij helpen.' Hij had er genoeg van.

'Als je niet tegen zo'n beetje stress kunt, ga dan naar de politie en leg een bekentenis af!' riep hij.

'Wil je me kwijt?' Ze keek hem diep gekwetst aan.

'Het spijt me, Cosima.' Hij besefte dat hij te ver was gegaan. 'Maar je moet ermee ophouden overal samenzweringen tegen je te zien.'

'Die Niederbühl heeft ons al eerder gedwarsboomd om Rosalies aandelen in handen te krijgen', zei ze.

'En wat dan nog?' Götz nam zijn jas. 'Ik moet ervandoor.' Ze versperde hem de weg.

'Zeg tegen Barbara von Heidenberg dat je vandaag niet komt. Alleen vandaag.' Hij schudde het hoofd.

'Je weet toch dat dit proces de kroon op mijn werk moet worden, de laatste zaak van mijn leven', zei hij.

'Hebben jullie iets met elkaar?!' Hij was heel even overrompeld, maar herpakte zich snel.

'Maak je toch niet zo druk', zei hij spottend.

'Ben je verliefd op haar?' Cosima gaf het niet zo snel op. Ze keek Götz strak aan.

'Wat beeld jij jezelf in, denk je dat ik met haar het bed induik in de gevangenis?' Zijn stem klonk gevaarlijk zacht. 'Terwijl er een cipier op staat te kijken? Ik begin me stilaan zorgen te maken over je gemoedstoestand.' Toen liet hij haar alleen. Verslagen zakte ze neer op de bank.

Om een beetje te kalmeren ging ze even later een wandeling in het park maken. Lukas kwam naar haar toe.

'Jij hebt Philippe Octoir omgekocht, waarom?' Ze schrok en wist even niet wat te zeggen.

'Wie zegt dat?' vroeg ze toen.

'Hij heeft het me zelf verteld.' Ze probeerde alles te ontkennen en noemde Octoir een leugenaar. Maar Lukas trapte er niet in. 'Natuurlijk. Het zijn de anderen die liegen en bedriegen. Jij bent altijd onschuldig.'

'Ik heb altijd het beste voor je gewild', beweerde ze toen. 'Maar je maakt me het niet gemakkelijk.'

'Dit geloof je toch zelf niet?' verweet hij haar. 'Jij doet alleen maar dat wat goed uitkomt voor jezelf. Als ik er zelf ook iets aan heb, is dat puur toeval.'

'Ik geef toe dat ik fouten heb gemaakt...' Het gesprek vergde duidelijk veel energie van haar.

'Jij wilde Sandra en mij uit elkaar krijgen!' riep hij boos. 'Terwijl je weet dat ze de liefde van mijn leven is! Hoe kun je als moeder je zoon zoiets aandoen?'

'Ik wil me daarvoor uitdrukkelijk bij je verontschuldigen', antwoordde ze futloos.

'Fijn dat je het eindelijk inziet, ook al is het te laat.' Ze keek hem geschrokken aan. 'Sandra en ik verlaten het Fürstenhof. Liefst zo snel mogelijk.' Ze stond als aan de grond genageld. Lukas draaide zich om en liep weg.

Nadat Sandra had vernomen dat Cosima Philippe Octoir ooit had omgekocht, maakte ze er geen geheim meer van dat ze wist wie er achter de moordaanslag op Rosalie stak. Ditmaal sprak Lukas haar niet tegen. Hij kon zich op dit moment alles voorstellen bij zijn moeder.

'Ik wil met deze verdomde rotzooi helemaal niets meer te maken hebben', gaf hij uitgeput toe. 'De sfeer is hier totaal verziekt.' Hij had zijn moeder al gezegd dat Sandra en hij het Fürstenhof zouden verlaten. 'De vraag is waar we dan naartoe gaan. Ik hou het hier echt niet langer uit.' Maar hij was er ook niet meer zo zeker van of het wel slim was om met Philippe in zee te gaan. Het hotel in het Reuzengebergte leek echt een geweldige kans, maar hoe kon hij Octoir ooit nog vertrouwen?

'Hij is een waardeloze vent', meende ook Sandra.

'Hij heeft wel toegegeven dat hij me erin heeft geluisd.' Dat had hij niet hoeven te doen.

'Oké, een waardeloze vent met een greintje fatsoen dan.' Sandra lachte.

'Zou jij hem ooit nog vertrouwen?' Ze dacht even heel diep na.

'We weten nu in elk geval met wie we te maken hebben', zei ze. 'We moeten hem goed in de gaten houden.' Maar wat hadden ze samen te vrezen?

'Een nieuwe start, samen met jou!' Lukas begon te juichen. 'Weg van het Fürstenhof!' Hij nam haar bij de hand en maakte een dansje met haar. 'Dat ik jou heb ontmoet, is als een geschenk uit de hemel. Jij maakt me gelukkig!'

17

Werner had van openbare aanklager Georg Rosenberg vernomen dat zijn broer André door de verdediging zou worden opgeroepen als getuige in het proces tegen Barbara.

'De rechter heeft de aanvraag van Zastrow daarvoor al goedgekeurd', zei Werner somber.

'Wat heeft André in godsnaam met deze zaak te maken?' vroeg Charlotte zich verbaasd af. Rosenberg begreep er ook niets van, zo had hij Werner gezegd.

'Wat heeft André daarover te vertellen?' vroeg Robert wantrouwig. 'Hij woonde niet eens in het Fürstenhof toen het gebeurde.'

'Precies dat maakt Rosenberg ook achterdochtig', meende Werner. 'Hij wilde van me weten of André op een of andere manier iets te maken heeft met Barbara's advocaat, die Zastrow.'

'Niet dat ik weet.' Charlotte en Robert wisselden een ongeruste blik uit.

'André heeft zo zijn fouten...' stelde Werner nadenkend vast. 'We zijn het lang niet altijd met elkaar eens, maar wat die Zastrow betreft...' Over hem waren ze het altijd wel eens geweest. Toch leek die advocaat iets achter de hand te hebben... En dat betekende vast niets goeds.

'Wat heb jij te maken met Zastrow? Waarom roept hij je op als getuige?' André vond het helemaal niet fijn dat zijn broer hem daarover aansprak.

'Ik heb geen idee', beweerde hij. 'Ik heb het ook nog maar net vernomen.'

'Je moet toch iets interessants te vertellen hebben', zei Werner nadenkend en hij keek de chef-kok wantrouwend aan. 'Of bedissel jij iets met hem?'

'Wat denk je wel van mij?' André deed alsof hij diep beledigd was.

'Het is al goed', zei Werner en hij maakte een wegwuivend gebaar. 'Waarschijnlijk zal hij tijdens je ondervraging Barbara's levensverzekering ter sprake brengen en proberen mij als een op geld beluste bedrieger voor te stellen. Volgens hem wilde ik vast Barbara van de berg duwen om de verzekeringspremie op te strijken.'

'Dat zou kunnen.' André deed alsof hij het echt als een mogelijkheid beschouwde.

'In dat geval weet je hopelijk wat je moet zeggen', zei Werner nadrukkelijk.

'Ja', bromde André zenuwachtig.

'Ik wil je alleen maar waarschuwen. Die Zastrow zal met allerlei vuile trucjes informatie uit je lospeuteren om mij schade toe te brengen.'

'Je weet dat ik nog een voorwaardelijke straf heb lopen', zei de chef-kok behoedzaam. 'Als hij me onder eed laat getuigen, moet ik de waarheid vertellen.'

'André, ik reken op je.' Werner keek zijn broer doordringend aan. 'We kunnen ons niet nog een uitschuiver, zoals die met Robert, veroorloven. Stel je voor dat Barbara uiteindelijk toch nog wordt vrijgesproken.' Bij het idee alleen al voelde de chef-kok zich onwel worden. Maar Zastrow had hem in zijn macht...

Barbara wilde hun strategie nog een keer doornemen met Götz, maar de advocaat vond dat overbodig.

'Je hebt me alles wat je weet over Konopka verteld, dat volstaat om hem in het nauw te drijven. Er zal voor hem niets anders op zitten dan met ons mee te werken.' Götz was zeker van zijn zaak.

'André is van een heel ander kaliber dan Robert', zei Barbara waarschuwend. 'Hij heeft in het verleden zelf al in de beklaagdenbank gezeten, hij weet hoe hij de rechter naar zijn hand kan zetten.'

'Die jonge Saalfeld en die Konopka zijn slechts figuranten', zei Götz en legde zijn arm om Barbara's schouder. 'Maar we kunnen ze goed gebruiken om die hele Saalfeldclan van de troon te stoten.' Hij wilde Werner in mootjes hakken. En Barbara was het daarover helemaal met hem eens.

'Werner Saalfeld... O, wat haat ik die man...' Götz knikte.

'Ik kan amper wachten tot die omhooggevallen erfenisjager met de grond wordt gelijkgemaakt', zei hij.

'We zijn er nog lang niet', vreesde ze. 'Werner kennende, heeft hij nog iets achter de hand. Je mag hem niet onderschatten.'

'Als ik dat ooit in mijn loopbaan had gedaan, Barbara... Denk je dan dat ik had bereikt wat ik nu heb bereikt?' Ze gaf hem glimlachend gelijk. Toen zetten ze het proces even van zich af en kusten elkaar passioneel.

'Jij hebt het gemakkelijk.' Barbara was zich weer aan het aankleden. 'Je komt naar mij voor opwindende seks, en daarna keer je naar huis terug, waar je trouwe echtgenote braafjes op je zit te wachten.'

'Het leven met Cosima is minder aangenaam dan jij denkt', sprak hij haar tegen.

'Jij hebt in elk geval de keuze. Ik zit hier opgesloten.' Er klonk machteloze woede door in haar woorden.

'Ik krijg je hier wel uit', beloofde hij. 'En niet alleen omdat het mijn baan is. Maar omdat jij veruit de meest opwindende vrouw bent die ik ooit heb ontmoet.'

'Mooie woorden...' Zo snel was ze niet onder de indruk.

'Het blijft niet bij woorden', zei hij.

'Ach zo?' Haar stem klonk scherp. 'Ook niet als ik levenslang achter de tralies verdwijn? Ik kan me niet voorstellen dat jij dan op me zult wachten.'

'Toen ik vandaag op het punt stond naar je toe te komen, kreeg Cosima een aanval van jaloezie', vertelde hij haar. 'Ze begint te beseffen dat je een gevaar vormt voor haar. Hoe gevaarlijk je bent, zal ze pas beseffen als het al te laat is. Dan ligt ze al onder de grond en kan ik als rijke weduwnaar van het leven genieten...' Er verscheen een klein, tevreden glimlachje op Barbara's gezicht.

Andrés slechte humeur was onder andere in de keuken duidelijk voelbaar. Hij kreeg het voortdurend met Robert aan de stok. Na de zoveelste ruzie zocht hij hulp bij Werner.

'Robert neemt de keuken helemaal over', beklaagde hij zich. 'Doe me een plezier en fluit hem terug.'

'Het is altijd hetzelfde liedje', zuchtte Werner. 'Jij kunt geen concurrentie verdragen. En al helemaal geen kritiek.'

'Ach zo, ben ik misschien niet goed genoeg meer voor je?' reageerde de chef-kok meteen in zijn wiek geschoten. 'Jij bent gewoon te laf om me dat te zeggen en daarom stuur je een rustverstoorder naar de keuken.' Werner liet zich niet op de kast jagen. 'Robert wil me lozen!' riep André boos.

'Robert is toch geen concurrentie voor je', antwoordde Werner. 'Hij heeft voor Frankrijk gekozen. Maar je mag misschien wel even tot je laten doordringen wat hij in zijn leven al heeft bereikt. Hij kookt in Parijs op topniveau.'

'In tegenstelling tot ik, of wat bedoel je?' vroeg de chefkok beledigd.

'Je hebt talent, zonder twijfel. En je had veel meer kunnen bereiken met alle kansen die je hebt gekregen. Maar wat doe je? Je verspilt je tijd met jaloers op me te zijn.' André keek somber voor zich uit. 'Weet je wat jouw probleem is? Jij wilt altijd te veel te snel. Daarom ben je al zo vaak op je bek gegaan.' Werner besefte niet hoe erg hij zijn broer kwetste.

Die avond brachten Philippe, Sandra en Lukas een toost uit op het hotel in het Reuzengebergte dat ze samen zouden beginnen. Philippe had limonade voor Sandra besteld, de twee mannen dronken een glaasje mousserende wijn.

'Lukas, wat ben je toch een gelukzak', stelde Octoir vast en wierp Sandra een bewonderende blik toe. Lukas glimlachte en kuste zijn vriendin. Daarna hief hij zijn glas nog één keer omhoog.

'Op ons succes.' Hij keek Philippe in de ogen. 'Maar ditmaal zonder foefjes.'

'Ik heb mijn lesje wel geleerd', zei Octoir schuldbewust en hief ook zijn glas in de lucht. 'Ik heb alles al tot in de puntjes berekend, beter gezegd, dat heeft mijn computer voor me gedaan. Maar jij als manager hebt vast een betere kijk op die dingen.' Hij legde enkele papieren voor Lukas. Die beloofde alles later grondig door te nemen, nu wilde hij eerst van dit moment genieten. Een nieuw begin, samen met Sandra, weg van het Fürstenhof, hij kon amper wachten. Dat Philippe in de loop van de avond steeds weer met zijn vriendin probeerde te flirten en zijn ogen amper van Sandra kon afhouden, viel Lukas niet eens op.

De volgende ochtend was het zover. André Konopka nam plaats in de getuigenbank. De rechtszaal zat goed vol. Ben was er, Werner was aanwezig en ook Simon was gekomen om zijn vader te steunen. De spanning was te snijden. Werner staarde naar de grond, hij wilde te allen tijde oogcontact met Barbara vermijden. Die zat op de beklaagdenbank naast Götz en haar gezicht vertoonde geen spoor van emotie.

'U bent André Konopka, geboren op 18 september 1955 in Halle an der Saale', begon rechter Felicitas Strehle. Op dat moment ging de deur van de rechtszaal open en Cosima kwam binnengeglipt. Götz merkte haar meteen op en zijn gezicht betrok. Hij wierp een vluchtige blik op Barbara, wat Cosima niet ontging. Ze wierp hem een ijzige blik toe. Barbara merkte meteen de spanning tussen de twee op en na een zijwaartse blik op Götz wist ze met zekerheid dat die vrouw zijn echtgenote was. 'U werd niet eerder over deze zaak ondervraagd', stelde de rechter vast. 'De verdediging heeft u als getuige opgeroepen,' André knikte kortaf, 'dus, wat hebt u ons te vertellen?'

'Op het tijdstip van de gebeurtenissen waarover dit proces gaat, verbleef ik nog niet in het Fürstenhof', zei de chefkok. 'Ik ken de feiten alleen van wat mijn broer erover heeft verteld.' Mevrouw Strehle wierp Götz Zastrow een ongeduldige blik toe.

'U kent de feiten dus alleen van horen zeggen?' drong ze aan. André knikte. 'Meester, ik begrijp niet waarom u meneer Konopka hebt opgeroepen als getuige.' Götz keek haar met een pokerface aan.

'Dat maak ik u graag, als u mij toelaat, duidelijk met mijn verhoor', zei hij allervriendelijkst. De rechter gaf hem het woord.

'Uw broer had voor zijn vrouw een hoge levensverzekering afgesloten. Was u daarvan op de hoogte?' Götz keek André doordringend aan.

'Hij heeft me dat ooit verteld', antwoordde de chef-kok vaag. 'Ik weet niet meer wanneer en in welke omstandigheden dat precies was.' Simon wierp zijn vader een bemoedigend knikje toe. Hij deed het uitstekend. André begon zich een beetje te ontspannen.

'Hoe reageerde Werner Saalfeld toen Barbara von Heidenberg in de gedaante van Sylvia Wielander weer in het Fürstenhof opdook?' vroeg Zastrow. 'Was hij geschokt, verrast, blij of hoe zou u het omschrijven?'

'Hij was daardoor eerst van streek', zei André. 'Net zoals alle anderen. Daarna werd hij verliefd op haar.'

'Tot hij ontdekte wie Sylvia in werkelijkheid was', vulde de advocaat berekend aan. 'Toen sloeg de liefde om in onbeheersbare woede.'

'Daarvan heeft hij me nooit wat gezegd', protesteerde de chef-kok.

'Want hij was nog lang niet vergeten hoe erg mevrouw Von Heidenberg hem had ontgoocheld', ging Götz onverstoord voort. 'Vanaf dat moment had hij zijn gevoelens niet meer onder controle. En daarom heeft Werner Saalfeld toen ze de nacht bij hem doorbracht, ernstig overwogen mijn cliënte met een kussen te verstikken. Is dat waar?' In het publiek was gemompel te horen. Werners gezicht verstarde. En André zweeg geschrokken. 'Meneer Konopka? Ik wacht. En u weet dat ik u te allen tijde onder ede kan brengen.' André zweeg nog altijd.

'U bent als getuige opgeroepen om het gerecht alles te vertellen wat u weet', mengde de rechter zich in de ondervraging. 'Was uw broer van plan de beklaagde te doden?' Alle ogen waren nu op André gericht.

'Ja', fluisterde hij. Werner had zin om de rechtszaal uit te vluchten, maar Götz Zastrow stond al met de vinger naar hem te wijzen.

'Ik stel dus vast dat Werner Saalfeld mijn cliënte dood wilde', bulderde hij. 'Dit hele proces is een klucht! Niet mijn cliënte hoort thuis op de beklaagdenbank, maar Werner Saalfeld. Werner Saalfeld staat onder verdenking van moord.' Werner kon niet geloven wat er gebeurde. Zou deze nachtmerrie dan nog erger worden?

'Wat had dat te betekenen? Wilde je wraak nemen voor onze ruzie van gisteren?' Werner stond zijn broer na de zitting op te wachten en riep hem woedend ter verantwoording. 'Hoe bekrompen kun je zijn? Ben je vergeten wat er op het spel staat?'

'Zastrow overviel me', beweerde André.

'Je had gewoon je mond kunnen houden', snauwde Werner hem toe.

'Ze wilden me het onder ede laten herhalen', verdedigde de chef-kok zich. 'Als ik dan zou hebben gezegd dat ik niets wist, zou ik meineed hebben gepleegd.'

'Ja, ja...' Werner snoof. 'Hoe wist die vent eigenlijk over dat voorval met het kussen? Heb jij hem dat gezegd?'

'Als je me nog één keer beschuldigt...' siste André bits.

'Het had toch gekund.' Toen liet Werner zijn broer alleen achter. Hij moest dringend kalmeren.

'Dat hebt u heel goed gedaan.' Werner was amper uit het zicht verdwenen of Götz Zastrow dook naast André op. 'Zelfs de openbare aanklager heeft geen flauw vermoeden.'

'Waar zijn de opnames?' Meer wilde de chef-kok niet weten. Maar de advocaat negeerde zijn vraag.

'U hebt trouwens de groetjes van Barbara', zei hij met een duivelse grijns.

'Ik heb me aan mijn deel van de afspraak gehouden', zei André. 'Nu wil ik de opname van het gesprek.'

'Rustig maar. Die krijgt u na het proces.' Dat was niet de afspraak, maar Götz liet zich niets voorschrijven. André kon hem met niets onder druk zetten om de opname af te geven.

'Klootzak!' Uit Andrés ogen straalde pure haat. Het liefst van al was hij Zastrow te lijf gegaan om hem bont en blauw te slaan. Hij slaagde er maar net in zichzelf te beheersen.

18

Charlotte reageerde geschokt toen ze van haar ex-man vernam wat André had gezegd tijdens zijn getuigenis. Werner zocht de hele woning af naar afluisterapparatuur. Hij vond geen andere verklaring voor het feit dat Zastrow aan die informatie was gekomen. Hij vond echter niets.

'Wat heeft die vrouw toch ooit met je gedaan', zei Charlotte nog altijd van streek. 'Ze heeft je zover gekregen dat je een moord wilde begaan. Een moord!'

'Ik heb het toch niet gedaan', barstte Werner los. 'En toch proberen ze me dat nu ten laste te leggen.'

'Je hebt het overwogen.' Alleen al dat vond Charlotte onvergeeflijk. 'Afgezien daarvan besef je toch wat dat voor jou betekent? De rechter zal je getuigenis nu vanuit een heel ander oogpunt bekijken.' Werner snoof. Hij was op dit moment maar met één ding bezig: hij vond geen afluisterapparatuur en André was de enige die op de hoogte was van die kwestie met het kussen.

'Ik kan het niet bewijzen, maar alles wijst erop,' besloot Werner met somber gezicht, 'dat André onder één hoedje speelt met Barbara's advocaat.'

'Jij hebt uit de school geklapt. Daarom is Zastrow op de hoogte.' Werner had zijn broer in zijn woning ontboden.

'Hoeveel heeft hij je betaald? Ik hoop dat het de moeite waard was?' André zweeg. 'Waarom?' vroeg Werner. 'Ik heb je uit de stront gehaald toen je aan de grond zat. Is dat jouw manier van bedanken?'

'Moet je alweer daarover beginnen?' De chef-kok rolde met zijn ogen. 'Moet ik mijn leven lang voor je kruipen omdat je me één keer hebt geholpen?'

'Je mag je vooral niet zo goedkoop laten omkopen!' brulde Werner. De wanhoop die uit de woede-uitbarsting bleek, trof André diep.

'Ik had echt geen andere keuze', fluisterde hij. 'Zastrow perste me af.'

'Waarmee?!' De chef-kok haalde diep adem.

'Ik heb Barbara in die tijd geholpen je te vergiftigen. En Zastrow weet dat.' Werner zakte bijna door zijn benen.

'Heb jij met Barbara samengespannen?' fluisterde hij geschokt. 'Waarom?'

'Geloof me alsjeblieft als ik zeg dat het niet anders kon. Die feeks zou je anders hebben vermoord.' Werner was in alle staten.

'Probeer je me nu wijs te maken dat je mijn leven hebt gered? Door me te vergiftigen?!' Werner snoof.

'Alleen zo kon ik verhinderen dat ze je zou doden', beklemtoonde de chef-kok. 'Ik heb het je proberen duidelijk te maken.' Hoe vaak had hij zijn broer niet gewaarschuwd? Maar Werner wilde niet geloven dat zijn Sylvia was veranderd in een monster.

'Ga weg, verdwijn hier onmiddellijk!' Werner keek hem vol haat aan. 'Maak dat je wegkomt!' Met de staart tussen de benen droop André af.

Hij ging naar de keuken. Hildegard en Robert vreesden dat een tirade zou losbarsten, maar de chef-kok greep met een gekweld lachje enkele pannen vast en zei: 'Weten jullie wat ik wil maken? Een perfect Frans menu!' En hij begon als een bezetene te koken.

'Octoir is een ellendige opschepper en ik was er bijna in getrapt.' Woedend stormde Lukas de serre binnen. Philippe had nauwkeurige berekeningen gemaakt, maar er zat wel één belangrijk schoonheidsfoutje aan het hele project: op enkele kilometers van het oude klooster bevond zich al een luxehotel en dat stond op de rand van een faillissement!

'Waarom heb je niet verteld dat er zich al een luxehotel in de buurt van het klooster bevindt?' Sandra en Lukas waren meteen op zoek gegaan naar Philippe en vroegen hem om verduidelijking. Octoir zat op het terras van het hotel en leek oprecht verbaasd te zijn. 'En dat hotel is bijna failliet', ging Lukas geërgerd voort. 'Er is in die streek helemaal geen behoefte aan een vijfsterrenhotel.'

'Goed dat je dat hebt ontdekt', zei Philippe. 'Je bent dan ook een professional.' Hij wendde zich glimlachend tot Sandra. 'Ik heb duidelijk de juiste partner uitgekozen.'

'Vertel me nu niet dat je niet wist dat er nog een hotel in de buurt was.' Lukas ergerde zich duidelijk. Maar inderdaad, Philippe had zich niet beziggehouden met de omgeving van het hotel. 'Stom van me! Ik had het kunnen weten dat je geen serieuze zakenpartner kon zijn!'

'Dan maken we er geen hotel van, maar een filmstudio', stelde Octoir voor. 'Een kleine studio, voor foto- en filmopnames. Reclamefilmpjes bijvoorbeeld.'

'Onzin!' zei Lukas.

'Vind je?' Opnieuw lachte Philippe naar Sandra. 'Wat vindt u ervan? U hebt nog niets gezegd.' Ze wilde antwoorden, maar Lukas was haar voor.

'Dat komt omdat ze te beleefd is om je te zeggen hoe stom je bent', snauwde hij Philippe toe.

'Sorry,' kwam Sandra er boos tussen, 'mag ik misschien zelf iets zeggen? Ik vind je vriend noch zijn idee stom.'

'Wat een heerlijke dag!' Götz genoot openlijk van zijn triomf. 'Eindelijk heb ik die Saalfeldclan precies waar ik ze wil hebben. Niemand gelooft ze nog.'

'Zij zijn niet de enigen die niet worden geloofd', zei Cosima bits. 'Wat is dat met jou en die Von Heidenberg?' In de rechtszaal was haar duidelijk geworden dat Götz' cliënte een echt gevaar vormde. 'Ik heb jullie in de gaten gehouden en de manier waarop ze naar je lacht...'

'Mevrouw Von Heidenberg is mijn cliënte', antwoordde hij streng. 'Als ze naar me lacht, doet ze dat alleen omdat ze me dankbaar is. En dat zou jij beter ook zijn na alles wat ik voor je heb gedaan.' Hij herinnerde haar eraan dat hij had verhinderd dat Rosalie haar had aangegeven bij de politie voor poging tot moord.

'Maar nu laat je me in de steek', zei ze.

'Dat zou ik nooit doen', beweerde hij en hij deed alsof hij erg ontgoocheld was. 'Dit is het laatste proces dat ik zal doen. Gun je me mijn succes niet?'

'Het succes wel...' Hij merkte dat hij haar alweer om zijn vinger had gewonden.

'En ik dacht dat je in de rechtszaal aanwezig was om mij aan het werk te zien', ging hij voort en zuchtte theatraal.

'Terwijl je in werkelijkheid alleen maar jaloers en wantrouwig bent. Spijtig. Ik dacht je me ondertussen beter kende.' Cosima werd geplaagd door een slecht geweten. Zou ze zich hebben vergist?

Charlotte vond het vreemd dat Michael en Rosalie samen naar het theater wilden gaan.

'Ik moet weten of ze bewijzen tegen Cosima in haar bezit heeft', verdedigde de arts zich. Hij kon nog altijd niet bewijzen dat Cosima zijn vader had vermoord. 'Als ik Rosalie zover krijg dat ze toegeeft dat Cosima haar ook wilde vermoorden...' Dan zou zijn vader in zekere zin gewroken zijn.

'Ik begrijp dat je dat graag wilt,' zei Charlotte voorzichtig, 'maar moet je dat meisje daarvoor gebruiken?' Hij keek haar even schuldbewust aan, maar hij vond dat hij geen andere keuze had.

Michael en Rosalie, die ondertussen geen krukken meer nodig had, waren nog maar net vertrokken, toen Werner Charlotte opzocht en hem vertelde wat André hem had opgebiecht.

'Dat meen je niet', fluisterde ze ontzet.

'Toch wel', antwoordde Werner. 'En ik dacht dat Barbara het meest meedogenloze mens was die ik ken. Maar André is nog veel erger. Ik ben zijn broer!'

'De wereld is om zeep', kreunde Charlotte. Konden ze dan echt niemand meer vertrouwen? 'Wat ben je van plan?'

'Tja, wat kan ik doen?' bromde haar ex-man. 'Ik dien klacht tegen hem in. Die vent hoort net zoals Barbara achter de tralies thuis.'

'Zal ik nog eens met hem praten?' stelde ze voor.

'Praten?' herhaalde Werner minachtend. 'Waarom? Zodat hij je kan ompraten? Doe me een plezier en hou je erbuiten. En vertel dit alsjeblieft tegen niemand.' Charlotte beloofde hem te zwijgen.

Sandra praatte 's middags met Tanja over het klooster in het Reuzengebergte. Lukas had gelijk. Een luxehotel zou daar niets opbrengen. En een filmstudio, dat zei Sandra niets. Toch kon ze het oude klooster niet uit haar hoofd krijgen. Was het niet de ideale plek voor ecotoerisme?

'Dat klinkt goed', vond Tanja. 'De meeste mensen zijn tegenwoordig veel meer bezig met het milieu. Het past ook beter bij je dan een piekfijn luxehotel. Zoals hier.' De vriendinnen grijnsden.

'Het is in elk geval een unieke kans voor ons', zei Sandra. Lukas mocht het zo snel niet opgeven. Ze had het met hem nog niet gehad over haar idee van ecotoerisme. 'Ik moet er eerst zelf nog even over nadenken', zei ze. 'Ik ken er zelf helemaal niets van.'

'Kijk eens op het internet', raadde Tanja haar aan. 'Je moet ergens beginnen. Het idee is het belangrijkste.' De zakelijke kant kon ze altijd nog aan Lukas overlaten. 'Veel succes! Ik ben er zeker van dat als je een plan hebt waar je zelf achter staat, Lukas ook snel overtuigd zal zijn.'

'Misschien heb je wel gelijk', antwoordde Sandra diep nadenkend.

'Dromen zijn niet altijd bedrog', zei Tanja vol overtuiging. 'Maar je moet er wel wat voor overhebben.' Ze was er zelf in geslaagd hoofd van de huishouding te worden. De baan was veeleisender dan die van kamermeisje en bracht veel verantwoordelijkheden met zich mee, maar ze was trots op zichzelf. Nils was nog altijd niet erg enthousiast, maar dat kwam wel goed. Dat hoopte Tanja dan maar.

Tanja had gelijk, dacht Sandra, nadat ze afscheid had genomen van haar vriendin. Je moest voor je dromen vechten als je ze wilde waarmaken. Hoe zou een ecohotel er moeten uitzien? Eenvoudige, maar gezellige kamers. Natuurlijk met veel bloemen. Duurzaam beheer. Ze begon alles te noteren.

'Wat moet je hier?' André kwam de woning binnen en zette een nectarinegratin op tafel.

'Een lekker hapje tussendoor', zei hij. 'Uit Frankrijk.'

'Denk je nu echt dat ik ooit nog iets wil eten wat jij hebt bereid?' snauwde Werner. Zijn broer vertrok geen spier, maar legde een envelop naast de gratin.

'Mijn ontslagbrief.' Werner knikte kort.

'Goed, zo bespaar je me een hele papierwinkel.' André probeerde zichzelf nog één keer goed te praten.

'Ik weet dat dit onwaarschijnlijk klinkt, maar ik probeerde toen echt je leven te redden. Ze zou je hebben gedood.' Werner lachte alleen maar spottend.

'Wat heeft Barbara je gegeven in ruil voor je hulp?' vroeg hij toen. André aarzelde. Het maakte in feite niets meer uit.

'Een miljoen', bekende hij schuldbewust.

'Een miljoen', herhaalde Werner. 'Je bent en blijft een vuile rat.'

Toen zijn gesprek met zijn broer niets had uitgehaald, ging André naar de personeelskamer en begon bedroefd zijn kastje leeg te maken. Plotseling ging de deur open en kwam Charlotte binnen.

'Kom je afscheid van me nemen?' vroeg hij verbitterd.

'Vind je dat zelfmedelijden in deze situatie gerechtvaardigd is?' vroeg ze. Hij perste zijn lippen op elkaar. 'Ik ben naar hier gekomen om van je te horen wat er toen werkelijk is gebeurd.'

'Waarom?' André haalde zijn schouders op. Werner had haar vast alles al verteld.

'Dat is zo', bevestigde ze. 'Maar dat was een zo afschuwelijk verhaal dat ik het nog een keer van jou wil horen. Heb jij echt Werner proberen te vergiftigen, samen met Barbara?' Hij zweeg en daardoor wist ze genoeg. 'Werner zegt dat je daarmee zijn leven hebt gered. Is dat zo?'

'Ja, ik heb zijn leven gered', zei André zacht. 'En niet alleen dat van hem.' Hij had ook Charlottes leven een keer gered. 'Toen jij bewusteloos aan de Teufelsbruch lag, wilde Barbara je doodschieten. Ik kon haar er net op tijd toe overhalen het niet te doen. Ik heb haar ervan overtuigd je niet te doden. Ik raadde haar aan zich voor te doen als je redster, om zo je vertrouwen te winnen.' Charlotte was sprakeloos.

'André heeft samengespannen met Barbara?' Ook Robert kon het amper geloven toen zijn vader hem op de hoogte bracht. Dit was een complete nachtmerrie! Onvoorstelbaar hoeveel macht die vrouw op iedereen had gehad. 'Liegen, bedriegen en vergiftigen, het past allemaal bij haar.'

'En bij haar advocaat', vulde Werner aan. 'Die haalt al die oude koeien uit de sloot!'

'En zo zorgt die klootzak ervoor dat wij ongeloofwaardig lijken!' zei zijn zoon boos.

'Eerst jouw verhouding met Barbara. Dan mijn verhaal van dat verdomde kussen.' Werner was razend. Hij had er toch alleen maar aan gedacht om Barbara te vermoorden, hij had het niet gedaan!

'Er ging bijna geen dag voorbij zonder dat ik overwoog haar de nek om te wringen', viel Robert hem bij. 'We kunnen alleen maar hopen dat er niet nog meer lijken uit de kast zullen vallen door die walgelijke advocaat.' Zijn vader zweeg. Hij kon Robert niet vertellen waaraan hij net dacht. De dode Paul Wielander, die ze op een of andere helling hadden achtergelaten. Werner had Barbara zelf een alibi verschaft, zodat de politie haar niet zou lastigvallen. 'Is er iets wat ik moet weten?' vroeg Robert gealarmeerd.

'Niets wat die advocaat nog tegen me kan gebruiken', zei Werner afwerend.

'Dan is het goed. Als ik nog iets voor je kan doen...' Ja, Werner had zijn hulp nodig.

'Het zou fijn zijn als jij de leiding van de keuken op je wilt nemen.' Hij wilde zijn broer daar niet meer zien.

'Maak je geen zorgen, ik doe het', verzekerde Robert hem. Werner keek dankbaar hem aan.

Charlotte had beloofd te zwijgen, maar nadat André haar alles had verteld, had ze iemand nodig om erover te praten. Alfons Sonnbichler was de enige die ze vertrouwde. Hij reageerde ontzet toen ze hem vertelde wat er allemaal aan het licht was gekomen. Ze vertelde ook dat André had beweerd dat hij hun leven had willen redden door samen te spannen met Barbara.

'Die vent was altijd al een leugenaar', zei Alfons boos.

'Het stomme is dat ik me niets van dat voorval kan herinneren', zuchtte Charlotte. Ze was aan de Teufelsbruch bewusteloos geweest.

'Charlotte! André Konopka is een misdadiger!' Meneer Sonnbichler geloofde geen seconde dat André echt iemand had willen redden. 'Hij probeert zijn eigen hachje te redden, ja!' Charlotte was radeloos. Ze herinnerde zich nog dat ze Barbara in het bos was tegengekomen. Ze was toen heel bang geweest en had een stap achteruitgezet. Daarbij was ze gestruikeld en ze was met haar achterhoofd op een steen gevallen. Wat er daarna was gebeurd, herinnerde ze zich niet. Maar stel je voor dat André haar leven toen echt had gered...

19

André trok in bij zijn zoon in het dakappartement. Simon begreep niet waarover iedereen zich zo druk maakte. Zijn vader had in de rechtbank toch alleen de waarheid verteld! Dat was nu eenmaal zijn plicht, ook al was het niet zo fijn voor Werner dat die zaken werden opgerakeld.

'Zonder de waarheid geen gerechtigheid', stelde Simon gelaten vast.

'Maar soms heeft de waarheid ook nadelen', meende André verbitterd. 'Ik zit nu in elk geval zonder baan.' Simon viel uit de lucht. Toen hij hoorde dat zijn vader zelf zijn ontslag had ingediend, was hij helemaal verbijsterd.

'Ben je gek geworden?'

'Werner zou me toch ontslaan.' Simon begreep niet waarom zijn vader dit zomaar liet gebeuren. En André kreeg het niet over zijn hart hem het hele verhaal op te biechten. 'Ik vind wel een andere baan.'

'Houd toch op!' zei Simon boos. 'Wat Werner je lapt, is schandalig. Je maakt me niet wijs dat jij je daar zomaar bij neerlegt.'

Rosalie was dolgelukkig toen ze die avond laat met Michael terugkeerde uit München. Ze had zich uitstekend geamuseerd tijdens de voorstelling van Shakespeare. Daarna waren ze samen uit eten geweest en Michael had voorgesteld elkaar te tutoyeren.

Hij was er zeker van dat ze helemaal in de ban van hem was. En dus bracht hij het enige onderwerp ter sprake dat hem interesseerde.

'Je bent zo'n sterke vrouw', begon hij.

'Dank je', antwoordde ze gevleid.

'Ik kan dan ook moeilijk geloven dat je hebt geprobeerd zelfmoord te plegen. Dat past helemaal niet bij je.' Ze keek hem even geïrriteerd aan, maar antwoordde toen op overdreven vrolijke toon: 'Vergeet het verleden.' Ze haakte haar arm in zijn arm. 'Zullen we nog iets drinken?'

'Graag.' Ze nodigde hem op haar kamer uit. Eerst stribbelde hij tegen, maar toen ze zei dat ze het aan de bar veel te druk en luidruchtig vond, gaf hij toch toe. 'Oké dan.' Hij volgde haar naar de lift. Hij voelde zich echter niet helemaal op zijn gemak.

Ze zette twee glazen op tafel en vroeg hem toen haar schouders te masseren. Die zouden verkrampt zijn van het lopen met krukken. Aarzelend raakte hij haar aan.

'Dat doe je geweldig...' zei ze genietend.

'Ik hoop dat je me niet te opdringerig vindt, maar ik moet je wat vragen', probeerde hij het nog eens. 'Kun je me vertellen wat je tot zo'n wanhoopsdaad dreef?'

'Alsjeblieft, niet nu', antwoordde ze.

'Natuurlijk, je probeert het te vergeten. Maar om zo'n gebeurtenis te kunnen verwerken, moet je erover praten.' Ze nam meteen een afwerende houding aan.

'Alsjeblieft niet. Het was vreselijk.' Hij bleef aandringen. 'Ik was gewoon eenzaam', vertelde ze. 'Als ik toen een vriend zoals jij had gehad, was het vast nooit gebeurd.' Ze stak haar hand verlangend naar hem uit. Hij liet haar los. 'Wat is er? Vind je me niet leuk?'

'Jawel. Je bent een heel mooie vrouw.' Hij zocht koortsachtig naar een uitvlucht en keek snel op zijn horloge. 'O nee, ik moet ervandoor. Ik was vergeten dat ik nog enkele patiëntendossiers moet doornemen.' Hij sprong op en verdween de kamer uit.

'Wacht maar, ik krijg je nog wel', mompelde Rosalie en ze glimlachte vastbesloten.

De volgende ochtend zaten Charlotte en Werner samen aan het ontbijt. Natuurlijk barstte Werner bijna uit zijn vel toen Charlotte hem vertelde dat André had beweerd dat hij niet alleen Werners leven, maar ook het leven van Charlotte zou hebben gered.

'Hij liegt telkens als hij zijn mond opent', zei Werner boos, maar hij merkte toen dat Charlotte daarvan niet zo zeker leek. 'Je gelooft hem toch niet?'

'Ik herinner me niet veel van de Teufelsbruch.' Ze keerde in gedachten terug. 'Ik was er zeker van dat Barbara, of Sylvia zoals ze zich toen noemde, me wilde bedreigen, me misschien wel wilde doden.' Ze was gestruikeld en had het bewustzijn verloren. 'Toen ik weer ontwaakte, was niet alleen Barbara daar, maar ook André. En ze deed opeens helemaal anders tegen me, ze was veel vriendelijker. Het zou dus kunnen dat Andrés versie van de feiten klopt.' Charlotte had geen wapen gezien, maar iedereen wist dat Barbara een pistool in haar bezit had gehad.

'Hoe het ook zij,' besloot Werner, die niets meer over het onderwerp wilde horen, 'André kan niet bewijzen dat hij de waarheid vertelt.'

'Maar het is mogelijk', bracht ze ertegenin. 'En als het waar is, zou het kunnen dat hij ook de waarheid heeft verteld over die kwestie met jou.'

'Onzin!' snauwde Werner. 'Ik ken André en ik weet hoe goed hij kan liegen. Ik trap er niet meer in.'

Cosima viel Götz alweer lastig met haar jaloezie. Hij gaf toe dat zijn cliënte indruk op hem maakte omdat het erop leek dat ze ertoe bereid was geweest te moorden om haar zin te krijgen.

'Dus om door jou geliefd te worden, moet je eerst een moord plegen?' vroeg Cosima verbitterd. Hij schudde lachend het hoofd.

'Het getuigt gewoon van een ongelooflijke vastberadenheid als je bereid bent een moord te plegen', zei hij.

'Je weet er helemaal niets van!' barstte ze uit. 'Het idee dat je iemand hebt vermoord, dat is geen spelletje, dat is de hel!' Zijn nieuwsgierigheid was meteen gewekt. Hoe kon zij weten hoe dat voelde?

'Voor zover ik weet, leeft Rosalie nog. Vertel me eens, is er nog iemand?' Ze schudde haastig het hoofd.

'Nee, natuurlijk niet, wat denk je wel?' Maar ze kon hem niet overtuigen, hij bleef haar verdenken.

Sandra had Lukas in grote lijnen verteld over haar ecohotel en het sprak hem wel aan. Geen haar op Lukas' hoofd dacht eraan ooit nog samen te werken met Philippe Octoir, dus Sandra moest op zoek gaan naar een nieuwe locatie. Ze had echter haar zinnen op het oude klooster gezet. Toen Philippe haar een beetje later opzocht in de serre, vertelde ze hem over haar plannen. Hij reageerde heel enthousiast.

'Philippe wil direct met ons in zee gaan als we een ecohotel beginnen', vertelde ze Lukas later.

'We waren het er toch over eens dat we ons niet met hem zouden inlaten?' zei haar vriend afwerend. 'Hij is niet te vertrouwen.' Het onderwerp was wat Lukas betrof, afgesloten, maar Sandra gaf het nog niet op.

'Wat zou je ervan denken het klooster samen te gaan bekijken?' stelde ze voor. 'Daarna kunnen we er nog een keer in alle rust over nadenken.'

'Is dat zijn voorstel?' vroeg Lukas wantrouwig.

'Hij heeft me alleen gevraagd nog een keer met jou te praten om je te overtuigen', biechtte ze eerlijk op. 'Alsjeblieft, Lukas, geef hem nog een kans.'

'Aan wiens kant sta jij eigenlijk?' vroeg hij verwijtend. 'Ik heb geen zin in een uitstapje met Philippe. Maar als jij dat klooster absoluut wilt bekijken, vertrek dan maar, zonder mij.' Ze keek hem gekwetst aan.

'Het heeft geen zin dat ik alleen met Philippe naar het Reuzengebergte rijd', probeerde ze hem nog te overtuigen. 'Jij hebt het meeste kennis van zaken.'

'Dit project is bij voorbaat gedoemd om te mislukken', mopperde hij. Hij vond het idee van een ecohotel helemaal niet slecht. 'Maar Philippes opdringerige gedrag werkt me op de zenuwen. En ik weet niet waar het hem echt om gaat: om het hotel of om jou!' Het ontsnapte Lukas zomaar en hij besefte nu pas dat hij jaloers was op zijn oude makker. Al ontkende hij dat uitdrukkelijk tegenover Sandra. 'Die reis is pure tijdverspilling', zei hij en hij vervolgde op neerbuigende toon: 'Als jij er per se heen wilt, oké, ga dan maar. Rijd met Philippe naar het Reuzengebergte en bekijk het klooster. Wat je zult aantreffen, zijn vast alleen maar een paar scheefgezakte muren. Dan spat je droom van een ecohotel als een zeepbel uiteen.'

Waarom was Lukas zo koppig? Waarom wilde hij het klooster niet eens bekijken? Sandra was boos. Haar vriend kon toch niet jaloers zijn alleen maar omdat ze het goed met Philippe kon vinden?! Dat was absurd. Ze staarde piekerend voor zich uit. Misschien kon ze maar beter niet vertrekken. Maar dan zou ze nooit weten of dit niet de kans was voor Lukas en zij om een nieuw leven te beginnen. Nee! Ook al beviel het hem niet, zij zou vertrekken!

Lukas bracht Octoir ervan op de hoogte dat hij niet van de partij zou zijn tijdens hun uitstapje naar het Reuzengebergte. Philippe deed zijn best niet te laten merken hoe blij hij was dat hij alleen met Sandra zou gaan.

'Zorg ervoor dat Sandra weer veilig thuiskomt!' zei Lukas.

'Ik zal voor haar zorgen als mijn oogappel', verzekerde Octoir hem theatraal, maar Lukas negeerde de toon die hij aansloeg.

'Je weet dat ze het nog rustig aan moet doen door haar harttransplantatie. Ze mag nog geen grote inspanningen leveren, is dat duidelijk?'

'Je krijgt haar ongeschonden terug', antwoordde Philippe. 'Ik zou ook niet willen dat zo'n lief meisje iets overkwam.'

'Ik weet dat Sandra je bevalt', zei Lukas. 'Maar als je ook maar enige waarde hecht aan onze vriendschap, houd dan in het achterhoofd dat ze bij mij hoort!'

André probeerde nog één keer met zijn broer te praten. Omdat Charlotte Werner had gevraagd op zijn minst te luisteren naar André, liet hij hem het hele verhaal nog een keer vertellen.

'Zo is het gegaan', besloot André zijn relaas. 'Ik zweer dat het de waarheid is. Ik had geen keuze. Ik moest Barbara's handlanger worden. En ik moest je die verdomde druppels toedienen. Alleen zo kon ik verhinderen dat die feeks je zou vermoorden.'

'Als dat inderdaad waar is... Dan kun je dat verhaal toch ook voor de openbare aanklager onder ede herhalen?' André werd bleek.

'Voor de openbare aanklager?' herhaalde hij geschokt. 'Werner, ik ben al veroordeeld tot een voorwaardelijke gevangenisstraf. Dan ga ik jarenlang de gevangenis in.'

'Als je het niet doet, stap ik naar de politie', zei zijn broer onverstoord. 'Om te verklaren dat je een bekentenis hebt afgelegd. Tegenover mij en Charlotte.' André staarde hem ontzet aan. Dit kon niet waar zijn. Meende Werner echt dat hij zich moest opofferen?

'Jij wilt dus dat ik de gevangenis in ga?' stamelde hij. Werner keek zijn broer minachtend aan.

'Ofwel geef je jezelf aan, ofwel doen Charlotte en ik dat', zei hij dreigend.

'Werner, alsjeblieft... Dat kun je me niet aandoen.' Andrés stem klonk smekend.

'Je maakt vast een betere indruk als je alles vrijwillig opbiecht aan de openbare aanklager', zei Werner koel. 'Doe het vandaag nog, anders doe ik het. Aan jou de keuze.' Meer had Werner niet meer te zeggen.

'Wil je echt dat André hierdoor in de gevangenis belandt?' vroeg Charlotte bezorgd. 'Hij is je broer.' Maar Werner was te diep gekwetst door het feit dat zijn broer had samengespannen met Barbara. Hij kon er niet langer rekening mee houden dat het om zijn broer ging. Bovendien had Barbara zijn broer een miljoen euro gegeven om haar te helpen Werner te vergiftigen.

'Jij moet met me mee naar de openbare aanklager', zei Werner. 'Zonder jouw steun kan ik een klacht wel vergeten.' Niemand zou hem alleen geloven.

'Het spijt me, maar dat kan ik niet.' Hij staarde zijn exvrouw perplex aan.

'Hoezo, je kunt het niet? Hij heeft me proberen te vermoorden!'

'Maar hij heeft mijn leven gered.' Daarvan was ze ondertussen overtuigd. 'Barbara von Heidenberg wilde mij koudweg vermoorden toen ik bewusteloos voor haar lag. André heeft het verhinderd. Ik kan dus onmogelijk klacht tegen hem indienen.'

Tot nu toe was het proces voor Barbara perfect verlopen. Maar nu had de rechter om een extra psychologisch onderzoek gevraagd. Het onderzoek zou gebeuren door ene dokter Brunner.

'Hij is een ervaren oude rot in het vak', zei Götz en hij merkte niet dat Barbara's ogen vernauwden bij het horen van die naam. 'Hij doet dit al lang en heeft zelfs zijn eigen privékliniek.'

'Ik ken hem', siste ze venijnig tussen haar tanden. Dokter Brunner had Miriam ooit een hypnosebehandeling gegeven op vraag van Barbara omdat Barbara bang was dat haar stiefdochter zich de dood van haar vader zou herinneren. Voor een aanzienlijke som geld had Brunner geprobeerd Miriams terugkerende herinneringen aan het voorval te 'herprogrammeren'.

Toen Götz later een afspraak had met Brunner en met hem door het park van het hotel wandelde, bracht hij het hypnose-experiment ter sprake.

'Dat is oude koek', zei dokter Brunner met een wegwuivend gebaar.

'Denkt u daar werkelijk zo over?' drong de advocaat aan. 'Of acht u het mogelijk dat het uw verslag over mijn cliënte op een of andere manier zou kunnen beïnvloeden?' Dokter Brunner trok zijn wenkbrauwen op. 'Zou u deze opdracht niet beter weigeren wegens vooringenomenheid?' ging Götz voort.

'Wacht eens even!' reageerde de psychiater agressief. 'Ik zal uw cliënte beoordelen en ik zal dat onpartijdig en naar eer en geweten doen. Dat mevrouw Von Heidenberg en ik al eerder met elkaar te maken hebben gehad, vergeten we maar snel. Is dat duidelijk?'

Rosalie bracht een prachtig boeket bloemen naar Michaels praktijk.

'Waaraan heb ik dat verdiend?' vroeg hij verbaasd.

'Omdat je lief bent', zei ze. 'Zo heerlijk ouderwets, terughoudend.' Hij keek haar fronsend aan. 'Toen je me van de bar naar mijn kamer hebt gebracht... Je had van de situatie kunnen profiteren, maar dat heb je niet gedaan. Je bent niet zo'n man die snel even het bed induikt met een vrouw en haar al na één nacht weer in de steek laat. En weet je wat? Dat vind ik nu zou leuk aan jou. Want die andere mannen, die ben ik meer dan beu.' Hij slikte. Charlottes waarschuwende woorden weerklonken in zijn hoofd. Hij wilde helemaal niets met Rosalie beginnen. Hij gebruikte haar alleen maar om informatie los te peuteren over de dood van zijn vader. Hij schaamde zich heel diep...

20

‘Ik moet vertrekken.’ André was een reistas aan het inpakken. ‘Kun jij me wat geld lenen?’

‘Waarom?’ vroeg Simon verbaasd. Zijn vader zou toch nog een opzegvergoeding krijgen?

‘Dat volstaat niet! Ik moet ver weg, zo ver mogelijk! Naar een land dat geen uitleveringsverdrag met Duitsland heeft.’ Simon begreep er geen snars van.

‘Wat heeft dit te betekenen?’ Zijn vader vroeg hem te gaan zitten. Toen haalde André diep adem.

‘Ik heb je niet alles verteld. De reden waarom ik Werner voor de rechter heb beschuldigd. Ik kon niet anders. Barbara von Heidenberg en haar advocaat hebben me in hun macht.’ Toen biechtte hij zijn zoon op dat hij Barbara vroeger had geholpen bij het vergiftigen van Werner met de psychofarmaca. ‘Maar ik deed het alleen om erger te voorkomen! Die vrouw wilde Werner vermoorden!’

‘Je bedoelt dat hij van geluk mag spreken dat jij hem gek en halfdood hebt gemaakt’, snauwde Simon en vroeg of Werner op de hoogte was van dit schandaal. André knikte schuldbewust. ‘Nu begrijp ik waarom hij zo razend op je is.’ Tot dan had Simon niet begrepen waarom zijn oom zo veel haat voelde tegenover André.

‘Hij wil klacht tegen me indienen!’ klaagde André.

'En terecht!' Simon keek hem ijzig aan. Dat zijn vader hem alweer zo ontgoochelde… 'Ik dacht dat je was veranderd en dat je eindelijk besefte dat al die slinkse trucjes je uiteindelijk duur te staan komen. Je bent te ver gegaan. Je eigen broer vergiftigen, dieper kun je toch niet zinken.' Voor de ruzie tussen vader en zoon kon escaleren, werd er aan de deur geklopt. Het was Charlotte. Ze wilde André onder vier ogen spreken.

'Werner vindt het niet leuk, maar ik dien geen klacht tegen je in.' André was dolblij toen hij dat hoorde. Maar Charlotte nam het niet dat hij deed alsof hij zich had opgeofferd. 'We weten allemaal dat jij niets doet als je er niet zelf wat mee verdient', zei ze. Het miljoen dat André van Barbara had gekregen, had hij vast niet aan de armen geschonken. 'Ik begrijp dat je jezelf niet wilt beschuldigen. Maar je moet goed beseffen dat daardoor Barbara von Heidenberg misschien wordt vrijgesproken. Omdat jij niet tegen haar getuigt.' Hij was de enige die kon getuigen dat Barbara Werner tot waanzin had willen drijven.

'Ik wil natuurlijk dat die feeks haar verdiende straf krijgt. Maar ik ben te oud om de paar jaren die mij nog resten, in de gevangenis door te brengen. Ik kan mezelf niet aangeven. Verlang dat alsjeblieft niet van me.' Ze keek hem koel aan.

'Dat verlang ik niet van je', zei ze. 'Je hebt mijn leven gered. Maar dan zijn onze rekeningen hierbij geëffend.'

Die avond zocht dokter Brunner Barbara op in de ziekenboeg voor het onderzoek.

'Mevrouw Von Heidenberg, het doet me plezier u na al die tijd nog eens terug te zien.' Omdat de cipier nog in de kamer stond, begroette ze hem hartelijk.

'Dokter Brunner, wat een verrassing!' Toen ging de cipier naar buiten en liet hen alleen achter.

'U weet waarom ik hier ben?' vroeg de psychiater. Ze knikte tegen haar zin.

'U moet me beoordelen.'

'Dat klopt', zei hij zelfgenoegzaam. 'Zonder hypnose en dergelijke foefjes.' Ze rolde geërgerd met haar ogen. 'Die zaak met uw arme stiefdochter... Dat was niet bepaald een hoogtepunt in mijn carrière', ging hij voort. 'U probeerde me toen mee te sleuren in uw verderfelijkheid. Het meisje manipuleren, onder hypnose...'

'U bent dus vooringenomen', stelde ze minachtend vast. 'Mijn advocaat zal ervoor zorgen dat u deze opdracht niet krijgt door partijdigheid.'

'Doe maar!' zei dokter Brunner spottend. 'Maar dan moet u wel uitleggen waarom u vindt dat ik niet bekwaam ben. U wilt die kwestie met uw stiefdochter vast niet voor de rechter vertellen, toch?' Woedend perste ze haar lippen op elkaar. 'Maakt u zich geen zorgen, u kunt erop rekenen dat ik mijn taak objectief en onpartijdig zal uitvoeren. Ik veroordeel u niet, ik beoordeel alleen maar. En om dat eerlijk en gepast te kunnen doen, zou ik nu graag met u praten. Bent u daartoe bereid?' Ze had geen keuze.

Dokter Brunner zei haar de gebeurtenissen op de berg nog een keer te vertellen.

'Wat voelde u toen uw toenmalige echtgenoot zich plotseling tegen u richtte?' vroeg hij. 'Toen hij uw liefde afwees en eiste dat u zichzelf zou aangeven bij de politie?'

'Dat...' Barbara ademde plotseling zwaar. 'Het leek alsof ik elk moment in een diepe afgrond kon storten.' Handenwringend keek ze hem aan. 'Ik voelde me verraden! Ik verloor elk houvast! Ik kreeg het koud, ik kon niet meer ademen...'

'U haatte Werner Saalfeld op dat moment vast', vermoedde de arts.

'Haten?' herhaalde ze ijzig. 'Er bestaan geen woorden voor wat ik voelde.'

'En wat voelt u nu als u aan hem denkt?' Ze antwoordde met een cynisch lachje. 'En als u aan uw stiefdochter denkt?'

'Wat bedoelt u?' antwoordde ze geïrriteerd.

'Nou, ze is zwanger op dit moment', zei Brunner. 'U wordt bijna grootmoeder. Maar voelt u ondanks dat nog altijd wrok tegenover Miriam?' Barbara's ogen vernauwden zich tot spleetjes.

'Miriam ziet in mij alleen maar de geldbeluste stiefmoeder', zei ze. 'Ze haat me!'

'En u? Wat voelt u voor haar?' vroeg dokter Brunner.

'Ik haat haar!' gooide Barbara er plotseling vol afschuw uit. 'Net als Werner wil ze dat ik hier in de gevangenis wegrot! De trut!' De arts noteerde volop. 'Laat dat!' riep ze. 'Dat hoeft u niet allemaal op te schrijven!'

'Dat is net wat ik wel moet doen', antwoordde hij mild glimlachend.

'Houd op met dat theater!' beet ze hem toe. 'Zeg hoeveel ik u moet betalen om die klucht hier te laten ophouden!'

'Die tijd is voorbij, mevrouw Von Heidenberg', zei de psychiater hautain. 'Ik ben niet om te kopen.'

Sandra was met Philippe alleen naar het Reuzengebergte vertrokken. Nu zat Lukas met Michael aan de bar en hij miste zijn vriendin verschrikkelijk. Plotseling rinkelde zijn telefoon. Sandra!

'Hallo, liefje', zei hij blij. 'Ik maakte me al zorgen.'

'Sorry', verontschuldigde ze zich. 'Maar de rit en het bezoek aan het klooster duurden langer dan voorzien.'

'Waar ben je nu?' vroeg hij.

'Nog vlak bij het klooster', antwoordde ze. 'We overnachten hier en komen pas morgen terug.' Dat had Lukas niet verwacht. Hij probeerde niets te laten merken, maar ergerde zich vreselijk dat Philippe Octoir met zijn vriendin op stap was en nu ook nog de nacht met haar zou doorbrengen.

Barbara had slecht geslapen. Ze was bang dat dokter Brunner een negatief verslag over haar zou schrijven.

'Hij wil met deze zaak natuurlijk naam maken', klaagde ze de volgende ochtend bij Götz. 'Hij zal me voorstellen als een psychopate zonder scrupules. Je moet hem weigeren!'

'Dat kan ik niet en dat weet je maar al te goed', bracht haar advocaat ertegenin.

'Die kerel wil met me afrekenen!' riep ze boos. 'Anders zou hij zich wel laten omkopen door mij.'

'Kalmeer nu toch', zei Zastrow dwingend. 'Je moet voor de rechter een evenwichtige indruk maken.'

'Hij weet te veel van me', kreunde ze.

'Hij zal zich bij zijn beoordeling heus niet laten leiden door het verleden', zei Götz overtuigd. 'Bij hem kan hetzelfde lijk uit de kast vallen.' Barbara had toch een heel andere indruk van de psychiater gekregen. 'Voor hem staat er ook veel op het spel', ging Zastrow op kalmerende toon voort. 'Als de rechter over die kwestie met je stiefdochter hoort, heeft hij een groot probleem.'

'Kun je toch niet op een of andere manier van hem verlost raken?' drong ze aan. 'Ik zou me veel beter voelen.'

'Zo wekken we alleen maar achterdocht bij de openbare aanklager', zei hij. 'Het beste is dat we even door de zure appel heen bijten.'

'Nee, het risico is veel te groot!' riep ze van streek. 'Zoek een oplossing! Die Brunner mag me niet beoordelen!'

Lukas stond op het punt het hotel binnen te gaan toen hij Sandra en Philippe opmerkte. Ze kwamen net aan van hun uitstapje.

'Ik zou nu al aan de verbouwing willen beginnen', hoorde hij Sandra enthousiast zeggen.

'Kom, dan draaien we meteen terug', stelde Octoir flirterig voor. 'We nemen een kamer in dat pensionnetje en maken van het oude klooster een eersteklas ecohotel. Helemaal naar jouw wens!'

'Er moeten eerst nog een paar zaken worden nagevraagd', antwoordde ze bedrukt en merkte toen Lukas op, die op hen afkwam.

'Je heer komt eraan', zei Philippe grappend. 'Ik laat jullie dan maar alleen. Spreken we vanmiddag af?' Ze knikte.

'En nogmaals bedankt, Philippe', zei ze.

'Ach zo, spreken jullie elkaar ondertussen al met "je" aan?' vroeg Lukas geërgerd.

'Heb je daar wat op tegen?' Een beetje schuchter stonden Sandra en hij tegenover elkaar.

'Ik hoop dat het uitstapje was zoals je je het had voorgesteld?' zei hij toen ietwat vriendelijker. Haar gezicht begon meteen te stralen.

'Het Reuzengebergte is een prachtige streek!' riep ze euforisch. 'En het klooster... Het is nog duizendmaal mooier dan op de foto's.' Ze keek hem verzoenend aan. 'Het was jammer dat je er niet bij was. Ik heb je gemist. Vooral vannacht in dat snoezige pensionnetje.'

'Ik heb jou ook gemist', zei hij zacht. Hij aarzelde nog heel even, maar nam haar dan eindelijk in zijn armen en drukte haar tegen zich aan. 'Alles vergeten en vergeven?' Ze knikte zwijgend en keek hem dan verliefd aan.

In de voormiddag werd Charlotte als getuige ondervraagd op het proces. De openbare aanklager stelde haar enkele vragen en ze vertelde hem over de dood van Lars Hoffmann.

'Daarna bedreigde mevrouw Von Heidenberg me ermee dat ze mij op dezelfde manier zou vergiftigen', verklaarde ze met vaste stem. Ze was uiteraard bereid haar verklaring te herhalen onder ede. 'Ik zal dat moment nooit vergeten. Ik vreesde voor mijn leven! Daarom ben ik onmiddellijk naar Afrika gevlucht! Ik wilde zo ver mogelijk bij haar vandaan zijn.' Barbara wierp haar vanuit de beklaagdenbank een brutaal lachje toe.

'Het gaat hier over een drievoudige moordpoging, mevrouw Von Heidenberg!' wees rechter Felicitas Strehle haar terecht. 'Vindt u dat grappig?' Barbara wilde antwoorden, maar Götz legde haar met een handgebaar het zwijgen op. Nu was het zijn beurt om Charlotte vragen te stellen.

'Mevrouw Saalfeld, u bent wellicht niet op de hoogte van de resultaten van de lijkschouwing op meneer Hoffmann', begon hij.

'Jawel, ik heb daarover gehoord', antwoordde Charlotte zelfverzekerd. Bij de lijkschouwing werden geen sporen van vergiftiging teruggevonden bij de jongeman.

'Ach, is dat zo?' vroeg de advocaat spottend. 'We kunnen dus besluiten dat het helemaal niet om moord ging?' Heel even keek Charlotte hem onzeker aan. Zastrow ging onverstoord voort. 'Hoe was uw relatie met uw ex-man, Werner Saalfeld, in die tijd?'

'Wat heeft dat ermee te maken?' vroeg ze geïrriteerd, maar hij drong aan op een antwoord. 'We konden het goed met elkaar vinden.'

'En u maakte zich geen zorgen om hem?' Götz liet de ironie duidelijk doorschemeren in zijn woorden. 'U liet hem rustig zijn tijd doorbrengen bij een vrouw die u beschouwde als een gifmoordenaar?'

'Natuurlijk heb ik me daarover bedenkingen gemaakt', verdedigde Charlotte zich.

'Als mijn cliënte echt zo gevaarlijk is zoals u hier beweert...' Hij laste bewust een lange stilte in. 'Was het dan niet uw plicht op zijn minst de politie op de hoogte te brengen in plaats van halsoverkop naar Afrika te vluchten?'

'Ik zei het u toch al!' barstte Charlotte uit. 'Ik was doodsbang van die vrouw. Ik kon niet meer helder nadenken.'

'Is dat echt zo?' zei hij hatelijk. 'Of ging het misschien zo: u was jaloers op de vrouw voor wie uw ex-man had gekozen!' In het publiek steeg rumoer op. Robert en Werner schuifelden zenuwachtig heen en weer op hun stoel.

'Ik heb u hier de waarheid verteld, meneer Zastrow.' Charlotte keek de advocaat minachtend aan. 'U verdraait mijn woorden alleen maar.'

Hij had geen verdere vragen. De zitting werd voor een kwartiertje opgeschort.

Hoewel Lukas het had bijgelegd met Sandra, reageerde hij toch weer enigszins geërgerd toen hij Philippe Octoir een tijdje later in het restaurant tegen het lijf liep. Die sprak hem aan en deed er dan ook alles aan om Lukas' wantrouwen nog meer te voeden.

'Wat wil je van Sandra, verdorie?!' vloekte Lukas.

'Ze is een heel aantrekkelijke vrouw', antwoordde Philippe met en bedachtzaam glimlachje. 'En in tegenstelling tot jij heeft ze uitstekende ideeën. Net als ik! Wij passen dus perfect bij elkaar! Je vindt het toch niet gek dat ik verliefd ben op haar?' Lukas' mond viel open. Wat zei Philippe? Hij, verliefd op Sandra? Het werd steeds mooier!

Na de korte onderbreking werd dokter Brunner in de getuigenbank geroepen om een samenvatting van zijn verslag te brengen.

'Ik heb me gisteren een goed beeld kunnen vormen van de mentale toestand van mevrouw Von Heidenberg', begon de psychiater. 'Volgens mij lijdt ze erg onder een narcistische persoonlijkheidsstoornis met polyvalente dependentie, die zich uit in een gebrek aan zelfbewustzijn en verwerping van de eigen persoon naar binnen toe, afgewisseld met een egocentrische opwaardering van het eigen "ik".'

'Wat betekent dat concreet, dokter Brunner?' vroeg de rechter streng.

'Bij deze personen wordt het "ik" vaak gesplitst in een ideale "ik" en een waardeloze "ik"', legde hij uit. 'Volgens mij voelt de beklaagde zichzelf overdreven belangrijk en hoopt ze altijd een bijzondere plek in te nemen en te verdienen. Dit gaat gepaard met haar egocentrische gedrag.'

'Als ik hierop even mag inpikken...' nam openbare aanklager Georg Rosenberg het woord. 'Acht u het mogelijk dat de beklaagde heeft geprobeerd drie mensen te vermoorden die willen verhinderen dat ze op de vlucht slaat?' Ben, die natuurlijk ook weer in de zaal aanwezig was, hield zijn adem in. Ook Charlotte, Werner en Robert keken vol verwachting naar dokter Brunner. Barbara daarentegen, zat minachtend te glimlachen. Ze vond alles wat de psychiater tot dan toe over haar had gezegd, zo slecht nog niet.

'Volgens mij is de beklaagde tot alles in staat', stelde dokter Brunner vast.

'Ook tot moord?' vroeg de openbare aanklager nadrukkelijk.

'Ook tot moord', antwoordde de psychiater vastberaden. Barbara werd lijkbleek en ook Götz staarde dokter Brunner ontzet aan. Hij was er zo zeker van geweest dat de psychiater geen gevaar voor hen vormde. Ben liet zijn hoofd hangen. Charlotte, Werner en Robert reageerden opgelucht. Eindelijk sprak iemand in deze rechtszaal de waarheid over dat monster van een Barbara von Heidenberg in de beklaagdenbank...

Ook verkrijgbaar in deze reeks:

Verscheurd door emoties
ISBN 978 94 014 0598 0

Een droom komt uit
ISBN 978 94 014 0599 7

Gevaarlijk spel
ISBN 978 94 014 0600 0

Bittere ontgoocheling
ISBN 978 94 014 0601 7

Een zware fout

ISBN 978 94 014 0631 4

Tussen liefde en verdriet

ISBN 978 94 014 0632 1

De kracht van liefde

ISBN 978 94 014 1008 3

Op hoop van zege

ISBN 978 94 014 1007 6

Kapotte dromen
ISBN 978 94 014 1496 8

Op het nippertje gered
ISBN 978 94 014 1497 5